칼, 춤추어라!

칼, 춤추어라! (上)

초판 1쇄 인쇄일	2020년 5월 26일
초판 1쇄 발행일	2020년 5월 30일
지은이	주영숙
펴낸이	한선희
펴낸곳	국학자료원 새미(주)
	등록일 2005 03 15 제25100−2005−000008호
	경기도 고양시 일산동구 중앙로 1261번길 79 하이베라스 405호
	Tel 442−4623 Fax 6499−3082
	www.kookhak.co.kr kookhak2001@hanmail.net
ISBN	979-11-90476-50-8 *03810
가격	14,000원

* 저자와의 협의하에 인지는 생략합니다.
  잘못된 책은 구입하신 곳에서 교환하여 드립니다.
  국학자료원 · 새미 · 북치는마을 · LIE는 국학자료원 새미(주)의 브랜드입니다.
* 이 도서의 국립중앙도서관 출판예정도서목록(CIP)은 서지정보유통지원시스템 홈페이지(http://seoji.nl.go.kr)
  와 국가자료공동목록시스템(http://www.nl.go.kr/kolisnet)에서 이용하실 수 있습니다.(CIP2020021353)
* 이 책은 한국문화체육관광부와 한국장애인문화예술위원회의 창작활성화 지원사업으로 발간되었습니다.

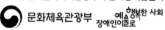

사설시조조 장편연작소설 ①
연개소문의 사랑

칼, 춤추어라! (上)

주영숙 소설집

북치는마을

작가의 말

희대의 불청객 코로나19로 인해 지금도 창살 없는 옥살이를 하시는 독자님께 약소한 소설 한 권을 선보이면서 조금이나마 위로가 되기를 바랍니다.

이 소설은 기존 소설과는 확연한 차별성을 지니는데, 그 특징의 하나는 소설 전체 문장에 사설시조 형식을 십분 차용하였다는 것입니다. 그리고 또 하나, 프롤로그에 제시된 인물 '지귀'가 '나'에게 이야기를 들려주는 식, 다시 말해 이야기 밖의 등장인물 시점으로 전개된다는 점입니다. 그러다보니 조선시대에 책비1) 가 소설을 읽어주던 그 냄새가 물씬 나겠습니다만, 어쨌든 독자님께선 술술 음률을 따라 흥겹게 읽어주시면 고맙겠습니다.

순 한국식 소설이라 할 수 있는 과거 우리의 운문소설은 이미 사설시조 형식을 취하고 있었는데, 그 현상의 원인은 사설시조가 바로 한국인의 주 호흡법을 바탕으로 이루어진 노래라는 데에 있기 때문입니다. 사설시조조의 소설이야말로 가장 한국적인 소설일 것이며, 가장 한국적이어야 가장 세계적일 수 있다고 봅니다. 따라서 이 소설은 독자에게 우리 고유의 문학 장르인 "시조"의 매력을 일깨워줌과 동시에 "사설시조 불감증"을 탈피하는 계기를 만들어주는 연결고리가 되고자 합니다.

그리고 무엇보다도 이 소설의 탄생을 위하여 적극 후원해주신 <대한민국문화체육관광부>와 <한국장애인문화예술위원회>, 그리고 즐거이 서평을 써주신 김광한 선생님과 이승하 교수님께 깊이 감사드리며 주영숙의 작품이라면 언제나 최선을 다해 책을 만들어주시고 홍보해주시는 <국학자료원 새미/북치는 마을>에도 무한한 애정을 표합니다.

결단코, 코로나19에 항복할 수 없는
2020년 봄에 蘭亭주영숙 올림.

목 차

프롤로그

저 멀리 바위틈새마다 철쭉들이 핏빛 울음을 토하고 있었다.

부소암,[2] 단군의 셋째아들 부소가 와서 천일기도를 올렸다는 그 부소암을 뒤에 두고 발길을 돌려 한참 내려가니 신성한 기운이 감도는 산 중턱. 거북바위에서 뭔가를 하고 있던 웬 남자가 힐끗 돌아보더니 다시 고개를 돌리는데, 갑자기 어디서인지 모를 한 가닥 바람이 내 몸을 툭툭 치며 산들산들 말을 걸어와서, 마치 살풀이굿이라도 한 것처럼 내 피로감이 달아나버렸다. 아무래도 이상하여 주춤주춤 다가갔더니, 아아아, 퍼질러 앉은 채 바위를 쪼아 갈닦이를 하고 있는 남자. 수상타, 움쩍거릴 때마다 파들파들 빛나는 그의 손목.

'금팔찌?'

금팔찌 하나가 마치 살아있는 생명체처럼 반짝여대는 바람에 나는 처음 보는 남자임에도 아랑곳없이 "거기서 뭘 하세요?"라고 궁금증을 털어놓았다. 뜬금없이 내 목소리가 온 계곡에 여러

겹으로 물결쳤다. 그제야 몸을 일으키며 나를 보는 사내. 그런데, 아아 그런데, 금팔찌가 찌르는 듯 빛을 뿜는 순간 그의 온몸이 활활 불꽃으로 변하는 거였다.

"아아악!"

다행히 불꽃은 금방 사그라졌고 사내도 본래로 돌아왔지만 아직도 불타는 눈, 그 불꽃 시선에 내 몸조차도 활활 타오르는 것만 같았다.

'별자리지요. 하늘로 가는 문이로소이다.'

그는 마음으로 말했지만 신기하게도 나는 알아들었다.

사내의 불꽃시선이 내게 그 능력을 준 모양이었고, 나는 당연한 듯 받아들였으며, 그리고 나도 마음으로 되물었다.

'하늘 문이라고요?'

'그렇소. 우리가 돌아갈 별자리 석각이라오.'

그의 눈이 아직도 나를 삼킬 것만 같이 이글거리고 있었다.

'이 금팔찌는 사실 세 개였는데, 하나는 고구려의 연개소문이, 또 하나는 발해를 세우게 된 대조영이 지니게 되지요.'

'앗! 역시 내 소설 초고를 읽으신? 그런 건가요? 아, 아니군요.'

'하핫! 진정한 소설이란 바로 그런 것 아니겠소? 미래의 그대가 우리의 자긍심이 오롯이 스민 고구려 역사를 택하여 쓰면서 연개소문의 첫사랑을 어디론가 사라지도록 복선을 깔아두지 않았소? 당초에 대조영에게 갈 금팔찌가 정해졌다고 말이오.'

'금팔찌 세 개의 원 소유자는 연개소문의 스승 을지문덕. 그가 눈을 감기 직전에 연개소문에게 금팔찌를 남기면서 하나는 선덕여왕, 또 하난 그녀에게 주었다고 정했는데, 황당한가요?'

'아니오. 그대 선덕은….'

'선덕여왕? 제가?'

'제발 좀 열린 눈으로 보시오. 아무튼 그대가 내게 준 팔찌가 바로 이거라면 믿겠소?'

'이승하 교수가 펴낸 책 <빠져들다…> 첫 이야기로 나온 그 지귀설화?'

'내가 바로 그 지귀라오.'

'어머나! 바로 그 지귀? 그리고 제가 선덕여왕?'

'아무튼, 믿거나 말거나, 남몰래 연개소문의 딸을 낳았던 하란은 자기 외손인 대조영에게 그 팔찌를 준 것이었소.'

'정말요? 아아, 사실 나는 그 금팔찌를 합천박물관에서 보았어요.'

나는 가슴이 벅차올라 견디기가 힘들었다.

'불나방 같이 슬픈 사람……'

어쩐지 수정처럼 투명한 눈물이 뚝 뚝 떨어지는 그의 눈. 기어이 그의 목을 껴안고서 키스를 하는 환상에 내 몸이 저절로 부르르 떨렸다.

문득 세원오빠의 얼굴과 말이 떠올랐다.
'망국의 비분으로 진나라를 탈출하는 서불 입장이 되어 생각해봐. 도망자 처지에 어떻게 자기 흔적을 각석할 수 있었겠어?'
'그 사람은 기억하시면서?'

마치 내 기억 속에 들어갔다 나온 것처럼 그가 빙그레 웃었다.
'앗! 세원오빠!'
화들짝 놀라 그에게서 떨어진 나는 연신 눈을 비볐다. 그러고 보니 지중해빛깔 눈동자와 눈 주변의 화상자국만 아니면 흡사 세원오빠의 얼굴 아닌가. 유별스레 키가 커서 '싱겁이'라는 별명까지 지녔던 오빠.
'맞아요. 당신은 바로 세원오빠의 전생?'
'그럴는지도 모르겠소. 그대의 전생이 선덕여왕이었듯이.'
머리를 설레설레 흔들고서, 그는 불을 이겼기에 더더욱 형형한 눈빛으로 말을 이어가고 있었다.
'이 별자리가 진시황 시대 서불이 다녀가면서 새긴 서불과차라고, 그렇게 소문난 모양입디다만, 보시오, 여기다 새겨놓은 하

늘 천(天)자를 보시란 말씀이오.'[3]

불현듯 그의 눈동자에 웬 글자들이 3D 영상으로 나를 홀렸다.

서불과차가 뭐냐고? 그게 바로 남해 이동면 양아리 거북
바위에 새겨진 석각이란다. 중국 진시황이 보낸 서불이란
사람이 동남동녀 500명을 거느리고 불로초를 구하러 와서
새겼다는 동양 최고의 화상문자란다. 하지만 아니야, 불쌍
하게도 모두들 속고 있어. 과차고 과지고 간에 양아리엔 서
불과차가 없으니까. 차차로 알려지겠지만 그건 바로 가을하
늘 별자리인 걸. 는실난실 춤추며 대대적인 불로장생 프로
젝트를 가동시켰다지만 하늘이 두 쪽 나더라도 아닌 건 아
니야. 없다고! 양아리 석각에는 서불의 흔적이 없다고! 다시
또 가서 살펴보라고! 거기엔 눈에 화상을 입은 어느 석공이
선덕여왕을 향한 활활 불붙는 그리움을 식히려고 더듬더듬
새겼을 가을하늘 별자리가 너무나 뚜렷이 있어. 작은곰별자
리의 꼬리 끝 북극성에서부터 봐. 페르세우스와 안드로메다
를, 남몰래 눈물 흘리는 카시오페이아를, 케페우스 왕가의
그 신화를 모두 확인해봐. 바위에 쏟은 그리움, 그리움의 형
체를 봐.

마음으로만 말하려니 또 불붙을지도 모른다는 불안감이 엄습

한 모양인지, 빙긋이 웃다말고서 별안간 뭔, 뭔 이야기를 끄집어내는, 끝없이 흘러나오는 지귀의 이야기.

"앞에만 이야기해 주세요. 뒤엔 제가 쓸 테니까요."

제동을 걸어야만 했고, 그래서 소리를 내어 말한 것이다.

"하아, 내 이야기는 연개소문의 사랑①, 뭐 그런 제목으로?"

그도 소리로 말했다.

"맞아요, ①권 분량만 구술로 쓰겠습니다. 그 다음부턴 그냥 제가 쓰고 말이지요. 칼, 춤추어라! 그것을 전체 제목으로 삼고요."

"거 재미나겠군. ①권은 이랬소 저랬소, 이랬습니다 저랬습니다, 그렇게 내가 말하는 식으로 이어질 것이고, ②권은 그럼 이랬다 저랬다 하고서 보편적인 작가 입장으로 전개되겠군. 헌데, 누구에게 빙의될 작정이오?"

"생각나는 작가가 있어요. <작품으로 읽는 연암 박지원 소설편>을 쓴 작가. 대작 연암전집을 집필하다가 출판사 사정으로 좌절되어 내내 칩거하고 있나보던데, 그 작가에게 또다시 열정을 쏟게 하려고요. 다시 일어서는 노을처럼!"

"또다시 일어서는 노을이라, 화려한 황혼이구먼. 그렇담 소설의 끄트머리에라도 최금지, 이 지귀를 등장시키시오."

"최금지, 정말이군요. 당신이 바로 이 거북바위에 가을하늘 별

자리를 새긴 그 분이군요. 맞았군요."

　나 혼자 뭐라거나 말거나, 완연 세원 오빠의 얼굴로 3D영상을 깜박깜박 걷어버리더니, 그는 본격적인 열변을 토하기 시작했다. 판소리 장단의 순서적인 속도, 진양조→중모리→중중모리→자진모리→휘몰이에서 곧잘 이탈하거나 추월하거나 역행하며, 휘몰이→중모리→자진모리→진양조→진양조→휘몰이→중중모리를 반복하고 중복해도, 참으로 들을 때마다 낯설게 다가오는 이야기를 시작한 거였다.

도령의 행방

곳곳에 벚꽃 흐드러졌던 사월 어느 날.

일찌감치 동녘이 밝았을 텐데도 눈앞은 몇 발짝 앞이 두툼한 벽, 벽, 벽, 살며시 기어오르며 방벽을 쌓는 안개 틈에서

"이럇!"

"이랴 이럇!"

말 달리는 두 사내의 소리가 벽으로, 안개벽으로 빨려들 것만 같았소. 영판 누군가가 은니4)를 풀어 휘저어놓은 것만 같은 그 속에서 길손들이 하나 둘, 유령인 양 비켜나거나 말거나, 그들은 숨소리마저 삼키며 다급하게 말의 엉덩이를 후려갈기다가 이윽고 강나루에 도착하여 훌쩍, 훌쩍, 말에서 내렸소. 그 순간 나룻배를 기다리던 사람들의 눈길이 죄다 두 사내에게로 쏠렸는데, 보아하니 한 사내는 홍시 색깔과 붓꽃 색깔로 수놓인 하늘빛의 옷을 입고서 높다란 관에 두 가닥의 공작 깃털을 꽂은 장수, 또 다른 한 사내의 모습은 허름한 무명옷에 텁수룩한 더벅머리를 수건으로 질끈 동여맨, 장수를 따르는 비복이었다오.

먼저 말에서 내린 비복이 장수의 말고삐를 받아 잡으니 장수가 기다렸다는 듯이 입을 여는데,

"오호! 패강⁵⁾은 언제 봐도 아름답구나. 바우야, 그렇지?"

"예에, 연 장군님, 그렇고말고요."

연 장군이 웃을락 말락, 텁수룩한 수염을 쓰다듬다가 다시 주위를 휘둘러보는데, 강기슭 저쪽에서는 나룻배가 사람들을 태우느라 들썩이고, 강렬한 햇살에 몰리다 몰리다가 이윽고 주춤주춤 꼬리를 감추는 안개 저편엔 깎아지른 듯 아스라한 청루벽 아래 남북으로 길게 놓인 능라도의 모습이 신기루처럼 드러나고, 그 모습에 홀렸는지, 아직도 남아서 미적거리던 물안개마저도 슬금슬금 자맥질하다 말고 열없이 물빛만 하늘로 치켜 올리며 알알이 볕꽃을 피워댔소. 불현듯 백로 한 마리 나타나 강물에 그림자를 떨어뜨리더니 저도 날고 그림자도 날게 하고, 어디선가 들려오는 수심가에 취해있던 연 장군은 꿈처럼 아늘아늘한 아지랑이 저 너머로 눈길을 돌렸소.

북은 산에 싸였고 동, 서, 남, 삼면은 강으로 에워싸인, 천혜의 요새를 이룬 난공불락의 왕도 평양성을 보다 말고 한 번 더 심호흡하는 연 장군. 성난 호랑이의 형상을 한 목멱산을 정면으로 바라보는 모란봉이랑 남녘 기슭에 당당한 위엄으로 솟아있는 구제

궁.6) 참으로 웅장한 자태가 병풍을 두른 듯이 으리으리했다오.

아무튼 건너편 강가에서 나룻배가 떠날 채비로 닻을 걷어 올리기 시작하자 나룻배를 기다리던 사람들도 괜스레 우왕좌왕 웅성거리고, 몇이서 주거니 받거니 하는 말이

"여보게, 저 장수는 서부 총관부 별장 연비 장군 아닌가?"

"하하, 그렇군. 별 걸 다 알아. 자넨 촌놈 중에서도 상급 촌놈일세!"

"촌놈도 못 되는 두메산골 놈 주제에 뭘 그러나?"

"하지만 난 바우놈의 친구입니다 그려!"

"오호라 그렇다면 묻겠는데 개소문은 찾았다던가?"

"글쎄 아직도 개소문의 행방을 모르는 모양이야."

"아이고, 천하 명문대가의 외아들 행방을 아직도 모르다니……."

또 다른 나룻배가 선착장에 도착하자, 바우가 잽싸게 말고삐를 잡고서는 장군의 애마와 자기가 타고 온 말을 차례차례 배에 끌어올리기 시작하고, 곧 이어 연비 장군이 배에 오르니 그 뒤를 따라 다른 사람들도 다투어 배에 오르고, 드디어 닻이 올라가고 임시 가교도 끌어올려졌다오.

사공 두 사람이 성큼성큼 번차례로 삿대를 놓자 배가 강심을 향해 미끄러지듯 떠나기 시작하는데, 봄 햇살 내리쬐는 물 위엔

채 가시지 않은 안개가 이리저리 물결을 탔다가 기어이 사그라지고, 조금 더 나아가자 조물조물 물살 지으며 도도히 흐르는 강물에 태공들의 고깃배가 여기저기서 물결에 겹겹의 주름을 지었다 풀었다하며 노닐고, 거기서 더 나아가자 건너편 강변에 능수버들 이파리들이 파릇파릇 물 밑으로 드리워서 오호라, 자태가 청초하구나 싶었더니 불현듯 화려한 청루가 눈 앞 가득 펼쳐졌소.

"흐음…, 언제부터 저리 퇴색되었던고…."

한복판 풍치 좋게 세워진 기녀 경당[7])에서는 삼현육각의 흥겨운 가락이 흘러나왔는데 창문 열린 누각에서 동기[8]) 한 쌍이 칼춤 배우기에 한창이라, 보기만 해도 힘겨울 긴 칼을 양손에 나눠 들고 음률에 맞추어 자유자재로 몸을 놀리는 것이 여간 안쓰러운 게 아니었는데, 그러거나 말거나 배는 유유히 강물을 가르며 강심을 향해 나아가고, 어디서던가 성내에서 한창 유행되던 구슬픈 동기의 노래가 흘러나오더니 그 여운 강물에 잉잉거리며 이울어질 때쯤 별안간 아등바등 몸을 일으킨 노랫가락이 높으락낮으락 깊은 산골 물이 돌돌 굴러 내리듯 흐느끼더니 어느새 천길 만길의 절벽을 만난 폭포수인 양 힘찬 가락으로 급변하는 중이라, 저마다 현실망각 증세에 시달리거나 말거나 여전히 팔짱낀 채로 두 눈을 지그시 감은 연비장군.

"장군님!"

스리슬쩍 다가온 바우가 연 장군의 사념을 깨어버렸소.

"소인도 장군님의 마음을 알고 있습지요."

"어허이, 네놈이 감히 상전의 마음을 안다고 수작을 떨어?"

"해해해해, 장군님, 이래봬도 소인은 허구헌날 대감마님만 뫼시고 살아오는 터인뎁쇼? 그만한 눈치야 없을라굽쇼?"

"그래? 대감마님께서 네놈에게 내 말을 하시었다고?"

"에고고, 그런 게 아니굽쇼. 대감마님께오선 소 총관이 워낙 방자하여 당나라 사신들과 날이 날마다 놀아나는 통에 강변에 청루가 많이 늘어난다고 걱정하시던뎁쇼."

"뭐야? 그래서 네놈이 내 마음을 안다고 껍적거렸던 게야?"

"헤헤헤, 두말함 잔소리입죠."

"뭐야?"

"요는 그렇게 되었다 그 말입죠."

"허긴, 경당 개 3년이면 무술을 한단다. 너도 천하의 연태조 대인님을 뫼신지 10년이 다 되어가니… 허허허허, 제법이구나."

"히힛! 경당 개 3년에 비하겠습니까요."

"하하하, 하긴 그렇다. 3년이 아니라 석삼년이겠다!"

그렇게 주고받다가 다각, 다각, 다가닥, 말을 달리는 두 사람.

구레나룻 수염을 바람에 휘날리며 두툼한 입술을 굳게 다물었던 연비장군이 별안간 말고삐를 잡아당기자 말이 파바박! 허공을 찬 후에야 멈추었는데 장군은 심각한 얼굴로 바우를 보았습니다.

"바우야!"

천천히 장군의 곁으로 온 바우.

"장군님! 부르셨사옵니까?"

"오냐! 아까 분명히 말했으렸다? 대감께오서 개소문 도령이 있는 곳을 아셨다고."

"예에, 소인 두 귀로 분명히 들었사옵니다. 소인이 언제 장군님께 거짓을 아뢴 적이 있사옵니까?"

"허허, 녀석!……. 내가 너를 못 믿어서가 아니니라. 뜻밖에도 개소문 도령이 있는 곳을 아셨다니 놀랍기도 하고, 그게 정말 개소문 도령인가, 미심쩍어서 그러는 것이니라."

별안간 허공을 더듬는 눈길

"이번에야말로 반드시 개소문 도령을 찾아야 하느니."

사르르 흔들거리면서 연비장군은 회상에 빠져 들어갔다오.

"대감, 그간 강녕하시었는지요?"

도복 차림에 커다란 방립을 쓴 도사가 두 손 모으고 허리를 꺾었소.

"어서 오시오, 장군!"

"허허, 가당찮소. 장군이라니! 그냥 문덕이라 불러주시오."

"좋소이다. 하하, 문덕도사님. 지난해 살수대전⁹⁾ 이후엔 도통 소식을 몰라 궁금하던 참이었다오. 진심으로 반갑소이다."

"하하하, 이 사람을 이토록 환대해주시니 늘 고맙소이다."

"어서 이리로 앉으시오."

"도사님, 그동안 강녕하셨사옵니까?"

읽던 책을 턱 덮고 일어난 개소문이 허리를 굽혔지요.

"어허, 우리 도령께서는 어느새 훤한 장부가 되셨소이다."

개소문이 살짝 얼굴을 붉히며 물러나 앉으니 연태조도 지긋한 웃음을 물었소.

"그래, 요 몇 달간 어찌 지내셨소?"

"하하하, 이 사람이야 원래 발길 닿는 곳이 내 집, 부지런히 떠돌아다니고 있습지요."

"허어! 그런데 오늘은 무슨 바람이 불어 여길 오셨는지 퍽 궁금하외다."

"예에, 긴히 드릴 말씀이 있사와……."

"무슨 말씀이신데 그리 뜸을 들이시오?"

조용히 앉아있는 개소문에게로 눈길을 돌린 도사.

"도령을 맡아 가르칠까하여……. 어려우시겠지만 몇 년간만 제게 맡겨주시면 해서"

"호오, 우리 개소문이를 맡겨 달라 그 말씀이시오?"

"예, 미력하나마 힘닿는 데까지 수도와 수련을 쌓게 하겠습니다. 그래서 장차 이 나라에 큰 그릇이 되도록……."

"큰 그릇?"

"부질없는 예감일지 모르오나, 살수대전의 승리보다 더욱 큰 승리를 이끌 수 있는 그릇이 되지 않을까 싶습니다."

솔깃해진 연태조. 하기야, 눈앞의 을지문덕을 비롯하여 을파소 등, 대고구려의 역사를 찬란히 수놓은 기라성 같은 위인들은 모두 입산수도한 인물들이었으니까요.

"잠시 이별함은 더 큰 장래를 도모함이오니 부디 소인을 믿어 주시오이다."

"옳으신 말씀. 내, 도인을 믿고 기꺼이 아들을 맡기겠소이다."

한참의 침묵을 깨뜨리며 연태조가 승낙했고 그리고 다음날, 떠날 차비를 마친 개소문이 아버지 앞에 하직인사를 올렸지요.

"아버님, 소자, 돌아올 때까지 옥체 보중하옵소서."

"오오냐, 전심 수도하여 대성해서 돌아오너라."

그렇게 떠나보낸 아들을 연태조 부부는 단 하루도 잊은 적이 없었다오. 어느덧 영양태왕 시대가 가고 영류태왕 시대, 꼽아보니 10년. 개소문, 연개소문은 10년이 넘도록 감감무소식이라……

"대감마님, 지금 막, 연장군께서 도착했사옵니다."

"그래, 어서 들라 해라!"

성큼 성큼 사랑방으로 다가간 연비는 늘 아랫목지기이던 연태조가 보료 위에 앉은 걸 별스럽게 여기면서, 가만히 대검을 떼어 귀인모와 함께 놓고 정중히 절을 올렸습니다.

"소장, 대감께 문안인사 올립니다. 그간 강녕하시었는지요?"

얼굴에 화색이 만면해진 연태조.

"허허허, 반갑네, 반가워. 내 자네를 무척 기다렸다네."

"너무 늦게 찾아뵈어 송구할 따름입니다."

열없이 백발성성한 수염만 내리쓸던 연태조,

"그동안 산성에는 별고 없었는가?"

"예, 그러하옵니다."

"내 오늘 자네를 급히 오라 한 것은 우리 개소문 소식을 알았기 때문일세."

칠순을 바라보는 노구에선 그의 화려했던 옛 모습은 찾아볼 길이 없었습니다만, 하지만 눈매에 어린 빛살만은 여전하였다오.

"대감, 개소문 도령이 어디에 있다고 합니까?"

연비는 무릎걸음으로 다가들며 재촉하듯 물었습니다.

"자넨 그동안 우리 개소문을 찾아보려고 많은 고생을 했네만, 또 한 번 수고해주게나. 이번만은 틀림없을 성싶네."

"대감, 저야 무슨 한 일이 있사옵니까? 하오니, 도령님 있는 곳이나 하교해 주십시오. 즉시 가서 데리고 오겠습니다."

빙긋이 웃음 머금고서 연태조는 탁자 위에 놓인 서찰봉투를 내밀었는데, 서찰을 다 읽은 연비, 그는 마치 화가 잔뜩 난 사람처럼 푸르르 몸을 일으키더니

"대감, 지금 곧 떠나겠습니다."

"고맙네그려! 하지만 이리 조급히 떠날 것이 아니라, 오늘은 모든 준비를 마쳐놓고 내일 아침 일찍 길을 떠나도록 하게."

"하오나 한시가 여삼추입니다. 이 서찰로 보면, 개소문 도령은 적지 신라 땅에서 머슴살이를 하고 있다는 것 아니겠사옵니까? 일각이라도 지체할 수 없는 노릇인 걸요."

"하하하! 살아있다는 것만도 크게 마음 놓이는 일……."

호탕한 웃음 저편에 그리움의 실체가 꿈틀거리며 말꼬리를 집
어삼키는 걸 느낀 연비는 또 한 번 편지봉투에 적힌 주소를 읽었
습니다.

　"구릉산 지선사라……."

만 남

날이면 날마다 개동이를 찾아 산을 헤매곤 하던 하란.

이날도 너무 힘겹게 산을 올라 커다란 바위에 몸을 붙이고 앉은 그녀의 눈앞에선 폭포의 향연이 벌어지고 있었소. 위험천만한 벼랑을 타고 쏟아져 내린 물이 기암절벽 우둘투둘한 길도 마다않고 거침없이 곤두박질치더니 이판사판 떨어져 내리며 기어이 무지개를 피워내는데, 애당초 여기저기서 샘솟았던 물은 서로 뒤섞여 한 줄기의 띠를 이룬 것이, 산허리 쿡쿡 지르며 청아한 노래로 다가오는 것도 같았다오.

'오늘도 헛수고인 거야? 아아, 개동아, 어디 있어?'

문득 몸을 일으킨 그녀가 크게, 아주 크게 소리치는데,

"개동아! 개동아!"

하지만 그녀의 목소리는 마주보이는 절벽을 치고 한 바퀴 맴돌아 다시 그녀에게로 돌아올 뿐이었는데 바로 그때에, 다다다, 다각, 다각, 다가닥 말을 달려오는 한 장수가 있었소. 어깨에는

커다란 활을, 왼손에는 긴 창을, 오른손으론 말고삐를 잡고 달려와 계곡에 흐르는 개울을 사뿐히 뛰어넘은 사내. 바로 그가 달리는 말에서 훌쩍 뛰어내리며 곧장 노송 나뭇가지를 잡더니, 이 나무에서 저 나무로 새처럼 옮겨 다니면서 뭔가를 살피더니, 또다시 말에 올라 날렵하게 달려오는데, 그 모습 점점 가까워지자 하란은 아찔한 현기증이 몰려와 비틀거렸다오.

'개동아, 나야. 공하란, 아아, 나를 못 본 거야?'

그런데 산성에 당도한 듯싶던 장수가 별안간 말머리를 돌리더니 그녀가 있는 큰 바위 쪽으로 오고 있었지 뭡니까. 화들짝 놀라, 놀라서 숨는다고 숨었지만 금세 들켜버린 그녀.

"아니, 하란아가씨 아니시오?"

멀뚱히 선 채로 그만 얼어붙은 듯이 꼼짝달싹 못하는 하란.

"아씨, 놀라지 마십시오."

그러자 뜬금없는 희열이 그녀 몸을 나른하게 감싸더니 뺨이 살포시 달아올라, 유달리 커다란 눈을 덮은 속눈썹에 송알송알 이슬이 맺혔다가 떨어질락 말락……

"개동아. 아아, 세상에, 개동이가 장수님이었다니!"

으앙! 울음보 터뜨리면서 그녀의 조그마한 어깨가 물결치듯 출렁였지만, 오히려 우두커니 선 채로 그녀를 내려다보는 개동이. 그런데 그 눈동자가 서서히 불타오르더니

"아가씨!"하고서 덥석 하란을 끌어안아버리더니…….

어느덧 산마루에 기우는 햇살이 두 사람을 감싸 돌 때에,

"하란 아가씨, 이제 돌아갈 시간이오."

개동이 하란을 껴안은 채 말에 오르자마자 그의 애마 비호는 이리저리 산비탈을 누비다가 허름한 산채로 들어갔는데, 조금 후, 상노복장으로 변신한 개동이가 집채 같은 나뭇짐을 지고 나와 턱하니 하란 앞에다 지게를 내려놓고 말했습니다.

"아가씨, 여기 이 위에 올라앉으시오."

"어머나?"

살래살래 머리를 흔들며 하란은 뒷걸음질 쳤다오.

"개동이, 아니 도련님, 나뭇짐 지시기만도 버거우실 텐데, 어찌 소녀까지? 싫사와요!"

"아가씨! 아직 갈 길이 멀었는데, 아가씨가 여기에 앉지 않고서 어떻게 나를 따라 오실 수가 있겠소? 괜스레 그러지 마시고 얼른 올라앉으시오!"

그래도 하란이 몇 걸음 더 물러나며 머리만 세차게 흔들자, 개동은 싱긋 웃다 말고서 하란을 번쩍 들어서는 냉큼 나뭇짐 위에다 올려놓았다오. 하이고, 희한하게도 그 위엔 사람이 앉기에 알맞도록 푹신푹신한 자리까지 마련돼 있었는데요. 어쨌건 하란이

안정감 있게 앉은 것을 확인하자마자 나뭇짐을 거뜬히 짊어지고서 성큼성큼 산길을 내려가기 시작하는 개동이.

그 무렵, 구릉산 지선사 본당 기왓골에도 서서히 땅거미가 내려앉고 있었습니다요.

하오의 정적을 고즈넉하게 드리운 지선사 후원 별당.

"스님, 분명히 우리 도련님을 보셨다고 그러셨죠?"

"허허 참, 성미도 급하시오……."

"스님, 정말 우리 도련님 계신 곳을 아시지요?"

그 노승, 여전히 눈을 감은 채 염주를 헤아리며 중얼중얼

"개소문 도령을 마지막으로 본 것이 약 한 달 되었는데……, 그새 어디 다른 데로 가진 않았을 거요."

"우리 대감께오선 스님께서 주신 전갈이라 틀림없다 하시고 소인을 보내신 것이옵니다. 스님께서 상당한 위험을 무릅쓰고 소식을 보내주신 은공, 참으로 크옵니다만."

"허허허, 원 별 말씀을. 어쨌거나 당장은 실망하실 터……."

"예에? 그건 또 무슨 말씀이오니까?"

성철 스님이야 단정히 가부좌를 틀고 앉아있었습니다만, 연비 장군으로선 그저 답답하기 이를 데 없는 노릇이었지요. 하기야, 연비를 비롯한 10여 명의 군졸이 농사꾼 차림으로 변장하고 평원

땅에 도착한 때는 그들이 고구려 연태조의 집에서 출발한지 근 열흘이 지나고 있었으니까요.

"도령은 지금, 요 아랫마을에서 상노 노릇을 하고 있소."

새삼스러울 것도 없는 것이, 그만한 정보야 이미 알고 들었거든요. 하지만 막상 노승의 입에서 그것이 기정사실이라고 못 박고 나오니 불끈 울화가 치민 연비 장군.

"뭐라구욧! 그게 그럼 사실이었단 말씀이요? 우리 개소문 도령이 그럼 상노로 팔려가기라도 했다는 말씀이오?"

부르르 치를 떨면서 벌떡 몸을 일으킨 연비. 그의 손이 저절로 허리의 칼집을 움켜쥐는데, 뭔 일을 낼 것만 같았다오. 쉰 넘긴 그의 몸에선 팔팔한 무인의 혈기가 울뚝불뚝 엿보였거든요.

"허허허, 흥분하지 마시오. 매사 침착해야 하거늘……."

노승이 지그시 웃음을 문 채로 올려다보자, 그때야 쥐구멍을 찾으며 사과하는 연비장군.

밖에서 기다리고 있던 변장 군졸 10여명은 연비 장군이 나오자마자 날랜 동작으로 뒤를 따랐고, 그리고 잠시 후, 일행은 공대인 집 대문 밖에 다다랐지요.

"너희 네 명은 이 바깥에서 파수를 보거라. 무슨 이상한 낌새가 보이거든 즉각 안에 알려야 하느니. 그리고 나머지는 모두 나를 따라 안으로 들어가되, 적당한 거리를 두고 경계를 게을리 하지 말도록! 알겠느냐?"

"예 이~"

군졸들이 제각기 흩어지자 노승을 향해 입을 여는 연비.

"스님, 어떻게 할까요?"

"소승이 시주 온 것인 양 목탁을 두드릴 터이니 장군은 몸을 숨기고 기다리시오."

"예, 그것이 좋겠습니다."

노승이 눈을 지그시 감고 목탁을 두드리며 염불을 시작하자, 젊은 계집종 하나가 바가지에 쌀을 담아가지고 나왔습니다.

"아니다. 나는 시주를 청하러 온 것이 아니니라, 사실은 이 집 주인어른을 뵈러 온 것이니 들어가서 그리 아뢰어라."

계집종이 살짝 얼굴을 붉히더니 쪼르르 달려 들어가고 잠시 후 젊은 낭자가 나왔는데,

"스님, 송구하오나 저희 부친께서는 출타 중이시라 지금 집에는 아니 계시온데……."

"관세음보살, 나무아미타불…… 낭자, 사실은 댁에 계시는 도인과 상노로 있다는 청년을 만나기 위해서라오."

"어머머, 별……."

뒤도 돌아보질 않고 종종걸음으로 들어가는 낭자.

"저런 고약한 계집 같으니!"

오만상 찌푸리면서 툴툴거리는 못 말리는 연비.

"허허허, 고정하시오. 고작 철없는 중생인 것을……."

노승이 다시 목탁을 두드리기 시작하고서 꽤 오랜 시간이 흘러 또다시 자박자박 발짝 소리가 나더니 드디어 빠끔 대문이 열렸습니다.

"스님, 저를 따라 오세요."

노승이 묵묵히 계집종의 뒤를 따르기 시작하자, 연비와 바우도 성큼성큼 노승의 뒤를 따랐고, 중문을 지나자 후원 한 옆에 동그마니 서 있는 방을 가리키고는 계집종이 횅하니 달아났습니다요.

상노의 방치고는 꽤 조용하고 깨끗한 방. 문이란 문은 다 열려 있어서 안이 환히 들여다보였는데, 아랫목엔 한 늙은이가 목침을 베고 누워있는 거였죠. 불현듯 배알이 뒤틀린 연비. 성질 같아선 당장 멱살을 잡아 일으키고 싶었지만, 하지만 다된 밥에 코 빠뜨릴 일도 아니라서, 부글부글 끓어오르는 속을 지그시 누를 수밖에 없었는데, 그나저나 노승이 또다시 딱, 딱, 탕그르르… 딱, 따닥, 따닥, 떼그르르…… 목탁을 두드리기 시작했지만, 그래도 도사는 여전히 누운 채 죽은 듯이 조용했습니다요. 따라서 연비의 불쾌지수도 도를 넘어가는 중이었고, 스무 살도 안 된 바우 역시 화가 치밀어 견딜 수가 없는 모양인지 기어이 노승을 제치고 쓱 나서며 "여보쇼, 도사 영감!" 그래도 묵묵부답이자, "도. 사. 영. 감!"하고 귀청을 뚫을 것만 같이 크게 불렀는데도 말짱 황이라, 그래도 매사 삼세번이라고, 이번엔 목소릴 한껏 낮추고 짐짓 부들부들한 작전을 시행하였습니다.

"도사 영감! 얼른 일어나 보슈!"

그러자 도사가 '나 안 죽었어!' 하는 듯이 끄응, 하고 몸을 뒤척였는데, 아 글쎄, 다시 돌아눕고는 그뿐. 하지만, 그렇다고 포기할 바우었다면 바우가 아니라 돌멩일 터. 아무튼 일단은 문턱 안으로 성큼 발 한 짝을 들여놓은 바우는 한껏 몸을 디밀고서 젖 먹던 힘까지 죄 동원하였습니다.

"도사! 아, 도사! 도! 사! 영! 감!"

꽹과리 치는 것 같은 소리에 드디어 몸을 일으킨 문덕도사! 그는 마치 자기를 깨우는 고함소리를 처음 들었다는 듯이, 천연덕스러운 표정으로 늘어지게 기지개까지를 켜곤 살짝 실눈을 뜨더니 "아함! 한 숨 자알 잤군!" 그렇게 하품을 하다 말고서 힐끔 문밖을 살피는 척했습니다.

"어인 손님들이신가?"

나지막한 목소리이긴 했지만 예리한 칼날이 쑥 하고 몸을 관통하는 듯 강렬한 눈빛. 움찔한 바우는 부랴부랴 몸을 바로 세웠고, 내친김에 들여놓았던 발마저도 슬그머니 뺐는데요. 바우에게서 노승에게로 갔다가 곧 연비에게로 옮기는 도사의 눈길은 여전히 시푸른 빛을 파밧! 파바밧!……. 발하며 석 달 열흘 갈아댄 칼날처럼 허공을 찔러대는데, 알아차렸는지 어쨌는지, 톡, 톡, 톡, 목탁 두드리던 손만 멈춘 노승이 정중히 허릴 굽히고

"소승 문안드리오."

하는 게 아니겠소.

"스님이 내게 무슨 볼일이시오?"

"소승, 지선사에 있는 성철이온데, 장군님……."

도사가 얼굴을 찡그리자 노승은 금방 말을 바꿔 "아니 문덕도사님을 뵙고자 왔습니다."라고 솔직히 털어놓았습니다.

"오호, 그렇소이까? 내가 바로 문덕이오. 어서 방으로 올라들 오시지요."

노승과 연비는 비로소 문덕도사 앞에 좌정할 수 있었고, 바우는 차마 방안으론 못 들어가고서 열없이 문밖에서만 쭈뼛거리며 귀를 쫑긋 세웠소.

"이렇게 번거롭게 해드려 송구하외다. 실은……."

노승의 정중한 목소리를 뒷전으로 하고서 도사는 꼿꼿이 앉아 눈을 감았는데, 노승이 그런 도사를 물끄러미 바라보았지요. 아

물론, 연비 역시도 간신히 초조한 성정을 다스리는 중이었고요.

오랜 수도생활로 정화된 노승의 태도는 근엄하기가 짝이 없었습니다. 30만 명에 육박하는 수나라 군사를 섬멸하였었던, 그 어마어마한 살생의 업보를 고스란히 안고 홀연히 사라졌었던 도사의 얼굴 역시 화평하고 태연스럽기 그지없어서, 연비는 생기는 것도 없이 괜히 약만 바짝 올라 속으로만 구시렁구시렁.

'그 뭐든 씨부렁거려 보라고, 요놈에 노인장들아!'

이윽고 두 사람이 동시에 눈을 떴는데, 두 눈길 맞부딪힌 거기에선 비수의 날과도 같은 광선이 바지직, 은밀한 불꽃이 일렁거리더니, 그냥 그렇게 시간만 흘리다 말고 노승이 먼저 고개를 끄덕이며 빙긋한 웃음을 깨물었소. 그리고 도사도 덩달아 웃음을 흘리는 그 순간, 노승이 가볍게 연비의 등을 쳤습니다.

"도사님, 이 분이 고구려 연태조 대인의 족문 연 장군이오."

"예, 소장, 연비입니다."

기다렸다는 듯이 절을 하는 연비. 그러자 문덕도사가 별안간 너털웃음을 터뜨리는데, 모두들 화들짝 놀라 절절 맸습니다.

"허허허허! 바로 연비 장군이었구려! 내가 문덕이라오! 그런데 어인 일로?"

"도사님, 느닷없이 찾아뵙게 되어 송구하옵니다. 우리 대감께서 개소문 도령님을 찾아뵈라고 분부를 내리셨기에 이렇게."

긴장의 끈을 바짝 당겨 감추고서 도사를 쏘아보는 연비. 그러나 미동도 없이 태연자약한 도사.

'으이구, 갑갑해……'

입은 금시라도 고함을 터뜨릴 듯, 손은 금시라도 칼을 뺄 듯, 옆구리에 찬 칼자루를 굳게 잡고 있는 연비. 그 모습 물끄러미 본 노승이 얼른 입을 열었습니다.

"모든 길은 인연을 따라 행하는 법……."

"길이 한 갈래만 있는 것은 아닐 터……."

가늘게 뜬 눈으로 연비의 눈을 꾹꾹 찌르며 맞받아 중얼거리는 도사. 도대체 무슨 뜻인지 종잡지를 못해 어리둥절한 연비.

입술을 굳게 다문 채 조용히 몸을 옆으로 흔들며 앉아있을 뿐이던 도사.

"개소문은 분명히 이곳에 있으니 안심들 하시오."

그러고 또다시 입을 다문 도사. 흡사 요기 같은 고요가 굼실굼실 흐르는 방안. 깎아 던진 엄지손톱만큼 들어 올렸던 눈꺼풀마저 스윽 내려버리는 도사. 연비는 가라앉았던 울화가 다시 치밀어 올라 손이 저절로 허리칼로 갔다오.

"장군! 경거망동 하시려오?"

노승이 나지막한 소리로 타이르자 때마침 도사가 다시 눈을 뜨는데, 바지직! 눈에서 뻗치는 광채가 온 방안을 위압했답니다.

"자아, 일어섭시다. 개소문 도령을 만나야지요."

부스스 일어나던 길로 도사가 휑하니 먼저 나가자, 연비와 노승도 부랴부랴 따라나섰습니다요.

'저자가 정말 왕년의 을지문덕 장군이란 말인가? 동명이인? 혹시 신라군에게 우리 정체를 고발하려는 거야? 개소문 도령이 정말로 이 신라 땅에 건재하시기나 한 거야? 하이고, 도대체 우릴 어디로 끌고 가는 거야?'

불길한 생각이 꼬리에 꼬리를 물고 머리를 쑤석거렸지만 더이상 의혹의 요모조모를 가늠하고 자시고 할 겨를이 없는 것이, 우선은 허겁지겁 달리는 것부터가 급선무였습니다요. 도사의 걸음걸이는 너무나 빨라서 발이 보이지 않을 지경이라 뒤따르는 사람들이 혀를 빼물고 달음박질쳐야만 겨우 따라잡을까 말까…. 간신히 저기 보인다 싶으면 금방 사라지고, 어디가 어딘지도 모르고 무작정 쫓아가다 보면 어느새 저 앞에 보이고, 그렇게 길을 잃을만하면 불쑥 이정표처럼 나타나곤 하는 문덕도사였으니까요.

이윽고 나지막한 산마루 꼭대기에 도사가 발을 멈췄습니다. 허겁지겁 뒤따르던 사람들도 웅기중기 섰는데, 이리저리 사방팔

방을 휘돌아보던 도사, 널찍한 바위를 찾아 걸터앉았소. 신선들이 하강하여 놀았다는 커다란 평상 바위에 앉은 전직 전쟁 영웅 문덕도사는, 아이고, 한 방울 땀도 안 흘린 말짱한 얼굴이었답니다.

"여러분도 이리 와서 좀 쉬시지요."

그렇게 한 마디 던진 문덕도사가 저 멀리 서산마루를 물끄러미 바라보았소. 한낮의 햇볕을 받아서인지 바위는 온돌처럼 따뜻해졌고, 첩첩이 솟아있는 봉우리와 봉우리 사이에 노을이 얼비쳐서 한 폭의 그림이 펼쳐졌는데, 그런데, 대자연이 붓질한 작품 앞에서 저마다 숙연해져선 폐부 깊숙이 신선한 공기를 들이마시고 있는데, 바로 그때였습니다.

"으하하핫! 아하하핫!"

한 곳을 주시하던 도사가 별안간 조용한 산중에 여러 겹의 메아리를 만들며 민들레 홀씨같이 웃음 퍼뜨리고서, 그럴 수 없이 맑아진 표정, 아니 애정이 담뿍 어린 시선으로 건너편 계곡 오솔길에다 눈 화살을 쏘기 시작했던 거라오.

"도대체 무얼 보셨기에 그리 웃으셨소?"

연비도 바우도 모두 도사의 시선이 가 닿는 곳을 어림하여 지켜보았지만 아무리 보고 또 보아도 도통 아무 것도 보이질 않았습니다요.

"저 도사가 무얼 보신 거요?"

연비가 노승에게 물었으나 노승은 손에 쥐었던 염주만 따글, 따그락, 굴리며 빙그레 웃고는 염주를 쥐지 않은 다른 손을 들어 계곡을 가리키며 조용히 입을 열었습니다.

"저어기 나뭇짐 지고 오는 초동을 보고 계신 모양이오."

과연, 집채같이 높은 나뭇짐이 성큼성큼 움직이는 모양새가 가물거리더니, 그것이 순식간에 산모롱이를 돌아 경사진 비탈길을 올라오는데, 나뭇짐을 졌다는 초동은 나뭇짐이 거의 산마루에 올라왔을 때쯤에야 비로소 보였다오. 히히히, 쌍상투10)를 튼 총각! 그 초동 가까워질수록 도사의 표정도 엄숙해졌는데요, 그런데 "어?" 모두들 경악을 금치 못했습니다요. 초동, 아니 총각의 나뭇짐 위에는 마치 꽃다발처럼 한 처녀가 앉아있었으니까요. 사람들이 저마다 아연실색하고 있다는 것을 아는지 모르는지, 총각은 아랑곳없이 뚜벅뚜벅 올라오더니 바로 앞에 다다라서는 나뭇짐을 진 채 고개를 숙이며 "사부님, 어쩐 걸음이신지요?" 하더니 천천히 나뭇짐을 내려놓고 작대기로 지게를 받쳐놓곤 나뭇짐 위의 처녀를 냉큼 안아서는 조심스레 땅에다 내려놓았는데요, 아이고, 얼마나 부끄러웠던지, 처녀는 달아오른 얼굴을 가릴 새도 없이 뒷걸음질을 치더니 금세 비탈길로 뛰어 총총, 방방 뛰어 내려가기 시작하는 거였습니다.

"허허허, 막내딸이군. 가히 팔찌의 주인공이로고!"

그렇게 밑도 끝도 없이 중얼거리던 도사는 하란의 뒤태를 지켜보며 잠시 그녀의 미래를 떠올리다가 머리를 끄덕끄덕, 그러나 개동이, 아니 개소문은 안절부절못했다오.

"허어, 해괴한 일이로다."

연비가 탄식조로 중얼거렸지만 못들은 척 땀을 닦는 개소문의 얼굴에 저녁놀이 내려 그의 두 눈이 불현 듯 광채를 발하고, 사람들이 모두 부신 눈으로 그를 보았습니다. 하지만 아무리 보아도 서로 모르는 얼굴. 연비는 연태조의 가까운 일족이기는 했지만 일개 산성의 별장으로써 개소문 어릴 적 얼굴을 알 까닭이 없었는데 게다가 바우 역시도 연태조 댁 상노이기는 하나 개소문이 문덕도사를 따라 떠난 뒤에 들어왔었거든요.

"개소문아!"

도사가 착 가라앉은 목소리로 입을 뗐습니다.

"바로 네 부친께서 보내신 족문의 장군이시다."

"예에?"

"소장 연비입니다."

정중하고 침착한 태도로 개소문에게 다가선 연비 장군. 연비가 덥석 손을 잡았지만 얼른 빼고 몇 걸음 뒤로 물러선 개소문,

"먼 길 오시느라 고초가 심했겠소. 우리 부모님께서는 귀체무량하신지요?"

"예, 강녕하십니다만, 도령님의 행방을 모르시어 그동안 노심초사하셨습니다."

그 순간 개소문의 얼굴에 그늘이 서렸습니다.

"여보시오, 도사!"

단말마를 떨어뜨린 연비의 눈에선 불꽃이 튀었지요.

"왜 그러시오?"

도사의 목소리는 여전히 차분하였습니다.

"이거, 해도 해도 너무 하신 것 아니오? 대감댁 귀공자를 공부시키겠다고 속여 10여년 세월동안 상노로 만들어놓고도 어찌 그리 태연자약 하오? 뻔뻔함이 도를 넘으셨소!"

도사가 무슨 말을 하려다 말고 흘낏 개소문을 돌아다보자 개소문이 스승 대신 나섰습니다.

"오해십니다. 곡절을 알지도 못하고서 사부님께 그런 무례한 언동을 하시다니, 심히 유감입니다."

"아니 도령님……."

"자초지종은 집에 가서 얘기하지요. 그만 내려가십시다."

허연 수염을 쓱 훑으며 자리에서 일어난 도사를 따라 몸을 일으킨 연비. 그는 개소문이 나뭇짐 앞으로 가서 지게를 지려고 한쪽 무릎을 꺾는 것을 보자 또다시 울컥 화가 치밀었지요.

"도령님, 이제 그 나뭇짐은 버리시지요!"

창날과 칼이 부딪치며 내는 소리.

"장군, 말을 삼가라 하질 않았소? 기껏 예까지 힘들여 지고 온 나무를 버리라니! 그 무슨 말도 안 되는 소리요?"

"도령님, 이 바우가 지고 갈 것이오니 어서 나오십시오."

바우가 썩 나서더니 개소문에게 절을 하며 말했습니다.

"아, 네가 바우냐?"

개소문이 싱긋 웃었습니다.

"네 뜻은 가상하다만 어찌 내 나뭇짐을 지겠다고?"

"도령님, 이래 뵈도 우리 장안에선 당최 이놈 바우를 당할 자가 없습니다요. 아무렴 나뭇짐 하나 못 질라굽쇼."

바우가 자화자찬부터 나불거리곤 대뜸 개소문을 제치더니 척하니 지게 멜빵을 어깨에 걸고서 몸을 일으키려고 힘을 썼는데, 아, 그런데, 나뭇짐이 꿈쩍도 아니하다니! 젖 먹던 힘까지 쥐어짜도 마찬가지. 그래도 해놓은 말이 있어서 억지로 일어서려는데, 그 바람에 지게작대기가 쑥 빠져 달아났겠다!

"아이쿠! 사람 살려랏!"

영판 바닥에 패대기쳐진 개구리 꼴이랄까…. 흐흐흐, 나뭇짐 밑에 깔려버린 바우란 놈 말이오.

"거 보라고!"

피식 웃음을 터뜨리면서, 연개소문이 두 손으로 지게를 번쩍 들어 올려주자 바우가 간신히 빠져나왔고, 연이어 연개소문이 지게 밑으로 들어갔는데, 그리곤 짐을 지자마자 성큼 몸을 일으켜서는 어느새 앞장서서 비탈길을 내려가고 있었는데, 그 모습, 나뭇짐이 저 혼자 퉁퉁 뛰면서 내려가는 모양새였답니다.

"공 부잣집 상노가 나무를 해온다!"

"어디야, 어디?"

"저기다. 와아, 봐, 봐, 오늘도 나뭇짐이 저 혼자 온다고!"

일행이 마을에 내려오자 어른 아이 할 것 없이 뛰어나와 구경하느라고 떠들썩하는 것을 보고 연비는 속이 부글부글 끓었습니다.

'이그으, 이 치욕을 기어이 씻고야 말리라!'

다짐에 다짐을 하며 입을 꾹 다문 연비. 봉황표 눈이 빨개지면서 금세 빛을 머금었지요. 그래봤자 별 수 없었지만 말이오.

이 별

공 대인의 저택 후원 옆 상노의 방.

어느새 아랫목에 자리를 잡고 앉은 도사는 아직도 빙글거리고
만 있었는데, 하지만 연비는 불뚝불뚝 심술이 솟구쳤습니다.

"아 아니, 우리 도령을 이 집에다 팔아넘겼던 거요?"

"허허, 팔아넘겨?"

"도대체, 얼마 받고 파셨소이까?"

빙글거리던 도사의 표정이 한 순간에 일그러지고, 연개소문은
황망히 손을 저으며 나섰습니다.

"장군! 무슨 말을 그렇게 하오? 사부님께 사례는 못할망정, 어
찌 그리 무례한 말을 할 수가 있단 말이오?"

"허어, 도련님. 사례가 다 뭐란 말이오? 우리 귀한 도련님을 잘
가르치겠다고 꼬드겨선 겨우 이 지경이 되시게 했는데……."

"이 지경? 대체 이 꼴이 어떻다고 그러시오?"

자기의 떡두꺼비 같은 손을 들여다보다가 그 손으로 스리슬쩍

얼굴을 비비던 연개소문은 걷어 올렸던 소맷자락도 풀고 돌돌 말아 올렸던 베잠방이 가랑이도 풀어서는 조금이나마 단정하게 갖춘 후에 조용히 입을 열었습니다.

"연장군! 나는 이날까지 더 배울 게 없을 만큼의 온갖 학문과 무예를 배웠소. 사부님께 말이오."

"허허, 정신 좀 차리시오. 도련님은 아직도 저 혹세무민하는 도사에게 빠져 있는 거요. 도련님의 거친 손, 남루한 옷차림, 이 것들이 다 말해주고 있소. 아무리 쓰다듬어도, 아무리 소맷자락을 내리고 바짓가랑이를 풀어내려도, 도련님의 지금 모습은 그저 상노일 뿐이오. 듣자하니 도련님이 이 댁 상노라는 사실을 모르는 이가 없는 모양이던데, 이 판에도 도살 두둔하는 거요?"

그 찰나, 문덕도사가 우렁우렁한 목소리를 투두둑 뱉었습니다.

"개소문아, 장군을 뫼시고 따라오너라. 할 이야기가 있느니."

그러고 벌떡 일어난 도사는 스르르 벽장문을 열었습니다. 그 러자 또 하나의 방이 드러났는데, 언뜻 보기엔 무슨 창고 같았지 요. 그도 그럴 것이, 방안엔 수많은 책들이 차곡차곡 쌓이거나 세 워져 있었던 거요. 툴툴거리던 연비는 순간 수많은 책들에게 압 도당하는 느낌이었소. 단 한 번 듣도 보도 못한 책들이 수두룩 빽 빽한 방이라니! 벙벙한 표정을 고르잡으며 짐짓 책들의 제목만 을 더듬거릴 뿐인 연비.

"연장군! 이 서재에 있는 책 중에서 당신이 한 권 골라서는 한 대목을 접어놓고 개소문에게 풀이해보도록 하시오."

도사의 눈초리가 사뭇 신경질적이었지만, 그래도 '별별 말도 되지 않는 소리!' 하면서 연비는 문덕도사의 말 자체를 믿을 수가 없었다오.

'아무리 대 학자라 한들 이토록 많은 서책을 어떻게 다 알 수 있단 말인가. 무슨 요술을 부리려고?'

책들을 무작위로 뽑아 척척 펼쳐놓고 뒤적거리던 연비는 문득 ≪서경≫의 「홍범」이라는 글자에 눈길을 멈추었습니다.

'모르긴 해도, 이것이 무척 어려운 글이라지?'

"하필이면 그 어려운 책을……."

서슴없이 서경을 집어 드는 연비를 보고 혀를 끌끌 차는 노승.

연비가 "하아, 너무 어렵겠지요?"하고 책을 덮으려는데 도사가 "나는 일구이언을 하진 않습니다. 어서 그 뜻을 도령께 풀이하도록 해보시오."라고 장담하는 거였습니다.

"도련님, 이 책도 배운 것이오?"

연비는 마지못해 책을 건넸습니다.

"그러하오. 이 서재에 있는 책들은 모두 읽었다오."

"아하, 그렇습니까? 그러면 구체적으로 소장이 알아듣기 쉽도록 설명해주실 수 있으신지요?"

그러며 갸우뚱하는 연비에게 개소문은 홍범을 풀이하기 시작했습니다요.

"……오행이란 하늘이 낳아서 땅에 저장되어 있되 사람들이 힘입어 사용하고 있는 그것입니다. 우 임금이 순서를 정한 아홉 가지 큰 규범이기도 하고, 무왕과 기자가 문답한 내용이기도 하지요. 오행이 하는 일은 정덕·이용·후생의 도구에 지나지 아니하나 그 효용은 세상이 치우침 없이 올바로 다스려지고 만물이 생성됨을 이룹니다. 한나라 학자들은 길흉화복의 미신을 두터이 믿어서 어떤 일은 반드시 그에 상응하는 다른 일의 징조가 된다고 생각하였지요. 그래서 오행을 분배하고 미루어 분석함으로써 허황되고 망령된 소리를 즐겨하였습니다.…… 만물이 흙에서 나지 않는 것이 없습니다. 흙이 어찌 쇠붙이에게만 모체가 되겠습니까. 쇠붙이란 딱딱한 물질이니만큼 불에 녹아내리는 것이 그 본성은 아닙니다. 넘실거리는 강과 바다, 황하와 한수, 저것들이 다 쇠붙이가 녹아 불어난 물이란 말입니까?……. 만물이 결국은 흙으로 돌아가지만 땅이 더 두터워지지는 않습니다. 하늘땅이 어울려 만물을 조화롭게 키우는 이 마당에 어찌 한 아궁이에서 불타고 말 땔나무가 땅덩이를 불린다고 말할 수 있겠습니까? 쇠와 돌이 서로 부딪치거나 기름과 물이 서로 끓을 때에 불이 생겨납니다. 벼락이 쳐서 물건을 태우기도 하고 황충을 묻어둔 곳에서는 도깨비불이 일어나기도 합니다. 그러니 불이 오로지 나무에서만 일어나지 않음이 분명하지요. 이는 상생(相生)은 서로 자식이 되고 어미가 된다는 뜻이 아니라, 서로 힘입어서 산다는 뜻을 말함이 아니겠습니까?……. 허허허, 백성이 만물에 힘입어 살아가는 관계가 이렇듯 큰 것을 ……. 어느 것이고 물질 아닌 것이 있으랴만, 별스레 나무·불·흙·쇠·물만을 오행이라고 하는 건 이 다섯 가지로 만물을 포괄하면서 그것들의 덕행을 칭송함이지요."

(연암박지원의 산문에서 인용)

'설마 저 정도일 줄은…….'

노승은 벌린 입을 다물지 못한 채 혀를 내둘렀고, 연비는 눈물이 그렁그렁하여 무릎을 탁 치면서 "오, 도련님!" 하고 감탄사를 연발하는 등등 아주 난리가 났습니다.

"그것으로 강론이 끝났는가?"

빙그레 웃으며 도사가 묻자, 개소문이 머리를 흔들더니 다시 입을 열었지요.

"그런데 후세에 이르러서는 이 오행이 잘못 쓰였습니다. 물을 이용하는 사람들은 남의 성을 함락시키는 데에 이를 남용하였고, 불을 이용하는 사람들은 불로 공격하는 데에 이를 남용하였으며, 또한 쇠를 이용하는 사람들은 금은으로 뇌물을 주고받는

데에다 이를 남용하였는가 하면, 나무를 이용하는 사람들은 궁실을 짓는 데에 이를 남용하였고, 흙을 이용하는 사람들은 논밭을 넓히는 데에만 이를 남용하였습니다. 그래서 세상에서는 홍범구주, 즉 '아홉 가지 큰 규범'의 학설이 끊어지고 만 셈이지요. 어쨌든 저의 부족한 강론도 마칠까 하오니 양해하십시오."

벅차오르는 희열감을 주체할 수가 없는 나머지 오히려 안절부절못하는 연비에게, 남모를 비웃음을 물고 도사가 일갈하였소.

"장군! 아직도 불안하시오?"

대꾸할 말을 잃어버린 연비는 자신이 이제까지 취한 언행이 얼마나 경망스러웠던가 하고 뉘우치지 않을 수 없었다오.

'오랜 세월을 통해 이토록 심오한 학문을 전수하기 위해 노심초사하였을 도사에게 노고를 치하하기는커녕 오히려 무례한 언행만을 일삼았으니, 어디 쥐구멍이 없나…….'

연비는 붉어지다 못해 창백해진 얼굴을 푹 숙이고 무릎을 착 꿇었습니다.

"도사님! 부디 제 불찰을 용서해주시오."

연비는 용서를 빌고, 노승은 그저 눈을 감고 있었을 뿐. 그리고 한참 후, 도사가 연비의 두 어깨를 붙잡아 일으켰소.

"장군, 너무 상심 마시오. 이제 여기가 끝이라오. 마지막 열정을 다 바쳐 가르쳤소이다만……."

연개소문도 입을 열었습니다.

"장군! 사부님께서는 저를 가르치시느라고 오랜 세월을 두고 단 하루도 맘 놓고 쉬지 못하신 채 늘 동분서주하셨소."

어느새 글썽이고 있는 연개소문을 슬쩍 곁눈질한 문덕도사,

"모두들 사랑채로 갑시다. 인사를 여쭤야 하느니."

사랑채엔 공 대인이 홀로 보료 위에 앉아 있었습니다.

"어서 이리들 앉으시오."

그렇게 일행에게 자리를 권한 후, 도사는 공 대인을 바라보며 "대인, 이 분들이 고구려 평양성에서 개소문을 찾아오신 분들이오."하고 일행을 소개했습니다.

"아, 그러시오? 좀 전에 손님들 오셨다는 소린 들었습니다만, 이리 멀리서 오신 귀한 손님들인 줄은 미처 몰랐습니다."

공 대인이 자리를 고쳐 앉으며 정중히 인사했습니다.

"제가 이번에 연총관 댁 도련님을 모시러 온 연비입니다."

"소승은 지선사에 있는 성철이옵니다."

모두 제각기 자리에 앉자 도사는 천천히 말문을 열었습니다.

"개소문의 수업을 위해 이곳을 택한 데는 이유가 있었소."

방 안에는 황동촛대에서 촛불이 휘황한 불빛을 내뿜었고, 너울대는 불길을 따라서 사람들의 그림자도 너울거리는데, 불빛에

어른거리는 표정들이 하나같이 감회에 젖어있었습니다.

　"이곳이 신라 땅이기 때문이었소. 고구려에선 그 어디를 가나 서부총관부의 연 총관댁 도령이라는 안이한 의식을 갖기 쉬운 법. 그래서 이 적지를 택했던 거요. 개소문으로 하여금 위난과 곤경 속에서 자신을 지킬 수 있는 힘을 기르고 항상 자신을 경계하도록 하기 위해서였소. 그리고 둘째 이유는, 이곳에 공 대인이 계시기 때문이었소. 공 대인이 아니었더라면 이곳에서 개소문이 저토록 출중한 학문과 무예를 익히고 닦지는 못했을 거요."

　차분히 가라앉아가는 방 공기를 천천히 휘젓듯 천상 선비타입 공 대인이 자상하게 말을 이었습니다.

　"이 몸 또한 과거에는 고구려의 녹을 먹었던 사람. 그래서 연 총관님과는 끈끈한 인연이 있던 사람이라 오직 옛 정을 감안하여 그리 했을 뿐이외다. 개소문 도령이 그동안 내 집에서 무진 고생만 하셨다는 걸 생각하면 그저 송구하기 짝이 없습니다."

　"대인 어르신께선 무슨 그리 황공한 말씀이옵니까? 베풀어주신 은혜에 무어라 감사의 인사를 드려야 할지 모르는 판에."

　공 대인에게 정중히 절하는 개소문을 따라 연비 장군도 허리를 굽혀 치하의 말을 한 것이었다오.

　얼마 후, 공 대인의 세 딸이 술상을 들고 들어왔습니다.

큰딸 수련과 둘째딸 난초는 상노인 개동이가 여러 손님과 함께 점잖게 앉아있는 모습을 보고 흠칫 놀랐습니다. 그래서 개동이를 힐끔거리며 못마땅한 얼굴을 했지만, 그러나 셋째 딸 하란은 달랐습니다. 하란은 개소문을 보자마자 두근두근 가슴이 뛰었고 눈이 마주치자마자 얼굴이 홧홧 달아올랐지요.

"너희들 거기 앉아라. 저의 미천한 딸들입니다. 얘들아, 손님들께 인사 여쭈어라."

세 딸이 동시에 대답하며 제각기 큰절을 올렸습니다.

"듣거라, 이 분들은 고구려에서 개동이 도령님을 모시러 온 귀인들이시다. 개동이 도령님은 귀인댁 도령으로, 그동안 사정이 있어서 이곳에서 몸을 숨기고 계셨느니라. 허나 이제 고국으로 돌아가시게 되었구나. 그쯤만 알고, 절대로 밖에 발설하면 안 되느니. 극비사항이니라. 아무튼 그동안 너희들이 개동이 도령님께 잘못한 일이 많을 터. 이 자리에서 사과드리도록 해라."

딸들의 얼굴이 하얗게 질렸는데, 그런데, 수련과 난초는 개동이에 대한 자신들의 지난 행동을 생각하고 얼굴이 노을처럼 붉어져서 고개를 푹 숙였지만, 하란은 날아갈 것만 같은 기쁨을 가득 안고 다소곳이 개소문을 향해 고개를 숙였습니다.

"도령님께서 집에 계시는 동안 저희들의 불민한 행동으로 고생이 더욱 심하셨을 줄로 아옵니다. 부디 용서하시와요."

"별 말씀을 다하시오. 오히려 낭자덕분에 즐거웠던 것을."

개소문은 지극한 정을 담뿍 실은 눈길로 하란에게 웃어주었습니다.

"하하하, 도련님, 고맙소이다."

공 대인, 그는 즐거운 얼굴로 술잔을 기울였습니다.

'도련님!'

비몽사몽간을 헤매다가, 하란은 화닥닥 몸을 일으켰습니다.

하늘엔 달이 밝았고, 그녀의 발길은 무엇에 홀린 듯 후원 별당으로 가고 있었는데요, 밤이어서 더욱 진해진 화초의 향기를 맡으며, 그녀는 별당 옆에 있는 연못가에 앉았습니다.

'도련님, 아아, 도련님, 이 마음 어쩜 좋아요?'

그때, 누군가가 다가서고 있었습니다.

"아! 도련님!"

슬며시 다가온 개소문이 하란의 손목을 잡은 거였죠.

"한참이나 찾았소."

"아직 술자리가 파하지 않았을 텐데……."

"낭자한테만 할 이야기가 있어서……."

"무슨?"

"낭자와 헤어져야 한다는 생각을 하니 별안간 허전하구려. 이

제깟, 근 십년간을 숨겨왔지만, 나는 고구려 서부총관의 외동아들 연개소문…. 아버님 쉰 살에 나를 낳았다고 쉰동이라고도 불렀는데, 개소문이란 이름 첫 자를 따서 개동이로 행세했던 거요. 하지만 돌아가더라도 마음은 언제나 낭자에게 있을 터.”

그리고 그는 허리춤에서 염낭 하나를 끌러 하란에게 건넸습니다. 풀어보니 금빛 찬연한 팔찌.

“아니 이것은?”

“잘 간직하시오. 신라 선덕여왕이 지귀에게 주어 지귀가 불꽃을 활활 일으켰다는, 바로 그 팔찌라오.”

“참인가요?”

팔찌를 잘못 만졌다간 정말 불이 날까봐 아주 조심스레 만져보며, 하란은 다시 멍한 얼굴이 되었습니다.

“그런 팔찌가 어찌 여기에?”

“하하하, 이 금팔찌는 원래 세 개가 한 쌍인데, 하나는 알다시피 지귀 최금지, 그리고 또 하나, 이것은 좀 전에 스승님께서 이걸 내어주시며 낭자에게 드리라고 합디다.”

“예에? 그럼 하나는요?”

“아마 스승님께서 지니고 계신 건지 모르겠소만, 허허허! 그렇게 따지고 보면 이것은 엄밀히 내가 주는 선물은 아니로군. 아무튼 낭자, 가서 자리가 잡히는 대로 낭자를 모시러 오리다. 약속하오. 그 때까지 부디 몸조심 하시오."

"도련님, 아아, 도련님……."

하란은 연개소문의 가슴에 얼굴을 묻고 울음을 터뜨렸습니다. 연개소문이 가만히 하란의 얼굴을 들어 올려 입을 맞추자, 입술과 입술 위에 둘의 눈물이 뒤섞여 범벅이 되어갔지만, 달은 모른 척했소. 너무나 황홀하여서 질투가 날 지경인 것을 꾹꾹 누르고서, 달은 그저 말없이 한 쌍의 연인을 비춰주기만 할 뿐이었다오.

단옷날 만난 여인

냉큼 구름 밀쳐내고서 햇살이 쏟아지자, 구제궁의 드높은 용마루가 더더욱 찬란하게 빛났습니다.

넓은 뜰 앞에는 대막리지 민의겸을 비롯하여 각 부의 상서[11], 도수부의 총관에서 장수. 또 오부욕살[12] 등 3경(京) 240여 산성, 주(州)·군·현을 다스리는 지방의 방백에 이르기까지 모든 문무백관들이 삼삼오오 모여들었습니다.

9층의 계단으로 하늘을 찌를 듯이 쌓아올린 웅장한 대조전의 장엄한 위용이 유별스레 돋보이는 날. 널따란 전각 안에 모든 조신들이 서열에 따라 열을 지어 섰습니다. 곧이어 북소리가 드높게 울리며 국왕의 행차를 알려오자, 잠시 전까지도 떠들썩하던 대조전이 갑자기 고요해지더니 여러 궁녀의 호위 속에서 영류태왕이 용상에 좌정했습니다. 홍시빛깔 용포에 황금의 띠를 두르고 번쩍번쩍한 면류관을 쓴 영류태왕[13]. 자르르 윤기 흐르게 빗

질한 은발 수염이 바르르 떨며 반짝였습니다.

"짐이 오늘 조정의 문무백관과 온 나라 안의 산성을 위시하여 주·군·현의 방백들을 불러 상의하고자 함은, 지난날 돌궐의 사신 아사나두이가 올린 원병 요청 문제를 결말지으려는 것이오. 경들은 좋은 의견들을 기탄없이 내어놓으시기 바라오."

엄숙한 분위기가 조용히 전내를 감돌고 있었습니다.

"소신 막리지 민의겸이 아룁니다. 지금 본국의 실정으로 보건대, 돌궐원병은 당나라에 대한 신의를 저버리는 일로 사료되옵니다. 당나라의 비위를 건드림은 본국의 환란을 자초하는 일이라는 것은 명명백백한 일이 아닐 수 없사와, 돌궐로 파병함은 절대 불가하옵니다. 통촉하소서!"

그러자 영류태왕은 전내를 천천히 휘둘러보았습니다.

"막리지 민의겸의 의견은 잘 들었소. 제공들 가운데 또 다른 의견들은 없는지, 기탄없이 말해보오!"

문득 뒤에서 늙은 무인 한 사람이 천천히 몸을 일으키자, 모든 시선이 그리로 쏠렸습니다.

"성상마마, 신 서부총관 연태조 아룁니다. 돌궐은 오랫동안 본국과 친선을 도모해온 동맹국이오나, 당나라는 수나라 대신 들어선지 얼마 되지 아니하여 아직 그 힘을 정비하지 못한 상태이옵니다. 본국이 신의를 지켜야 할 나라는 당나라가 아니라 명백히 돌궐이옵니다. 성상마마! 부디 돌궐에 원병을 보내시어 우리의 울타리를 튼튼히 하도록 선처해주시옵소서! 소신, 그 길이 상책임을 간절히 상주하는 바이옵니다. 굽어 통촉하시옵소서!"

'오히려 경의 그 말이 못마땅하단 말이오!'

태왕은 아니꼬운 듯이 연태조를 쏘아보았습니다.

"경은 언제나, 오로지 돌궐 파병만이 옳다고 주장하는구려! 지조가 뚜렷하오!"

"성상마마! 황공하옵나이다."

그때 한 무인이 몸을 일으켰는데, 친위군[14] 총관 소익환이었죠. 작달막한 키에 유난히 튀어나온 눈알을 뒤룩거리며 나온 50 전후 소익환. 그가 반백의 머리를 조아렸습니다.

"성상마마, 황공하옵니다. 소장 또한 막리지 민대감과 같은 생각이온데, 돌궐에 원병을 보내는 것은 우리나라의 장래가 위태로워지는 위험한 처사인 줄로 아옵니다."

그제야 알게 모르게 임금의 용안이 펴지는 성싶었는데요, 그러나 연태조의 가슴에선 시뻘건 분노의 불길이 이글거리기 시작했소. 국가의 안위는 뒷전이고, 오로지 서부총관 연태조를 역적으로 몰려는 소익환의 속마음이 훤히 들여다보인 것이었으니까요.

또다시 몸을 일으킨 연태조, 피를 토하듯 아뢰기 시작했습니다.

"성상마마! 불과 11년 전 살수대전을 떠올려 보옵소서. 수나라 래호아의 수군과 교전했던 그 당시를 떠올리소서! 아아, 마마께오선 희대의 명장이셨사옵니다. 그때에, 적장 래호아는 요동을 통과해 육로로 공격하는 수나라 30만 군에게 군수품을 보급해주며, 함께 평양을 공격할 임무를 맡고 있었사옵니다. 따라서 우리나라로선 이들을 빨리 격파하여 수나라 별동대와 만나지 못하게 해야 했는데, 마마께오선 유인작전을 펼쳐 이들을 섬멸하자는 작전을 세웠사옵고, 래호아가 직접 4만 대군을 이끌고 우리 장안성으로 진군했을 때, 아아, 마마께오선 외성을 비워놓고 적을 유인했었사옵니다. 외성 안에 들어온 수나라 군대는 기강을 잃고 마구 약탈에 나섰사온데, 바로 그때 매복했던 우리 군대가 나타나 대오가 흩어진 수나라 군대를 섬멸시켰사옵니다. 도망간 수나라 군대는 해안가의 진지만 겨우 지킨 채……. 마마, 바로 마마의 활약 덕분에 을지문덕장군이 수나라 군을 살수에서 대파할 수 있었사옵니다. 하온데 그 위대한 역사를 마마는 잊으셨사옵니까?"

"허허허, 소상하게도 피력하시는구려. 허나, 작금의 상대는 수나라가 아니지 않소?"

"당나라가 수나라를 멸하고 대신 들어섰다고는 하오나, 이는 사실 임금만 바뀌었을 뿐, 신하 되는 문무제신은 수나라 때부터 우리 고구려와는 불구대천지 원한을 가진 무리들이옵니다. 성상마마! 시급히, 고구려의 종묘사직을 반석 위에 올리시기를 삼가 바라옵니다."

달아오른 연태조의 이마에선 구슬땀이 흘러내리고, 전내엔 팽팽한 긴장감이 감도는데, 연태조 바로 옆에 부복해있던 남부총관 우필(禹必)이 소익환 친위군 총관과 슬며시 눈짓을 주고받더니 빳빳이 몸을 일으켰습니다.

"연총관은 경거망동을 삼가시오! 여기는 지엄한 어전이라는 점을 잊지 마시오! 어찌 그리 천하의 대세를 그릇 판단할 수가 있단 말씀이오? 독단적인 오판으로 성상마마의 심기를 어지럽히다니! 자중하시오!"

"우 장군! 오히려 소장이 할 말이오! 여긴 바로 지엄한 대조전! 성상마마의 어전이란 말이오! 나라의 중대사를 논하여 성상마마께 옳게 상주함이 신하된 도리이거늘, 하물며 내게 경거망동이라? 심히 당돌하고 무엄하오!"

이외로 차분한 연태조의 목소리. 영류태왕은 불쑥 막리지 민의겸을 불러 무언가를 소곤거리곤 짜증스럽다는 눈길로 전내를 휘둘러보더니 옥음을 높였습니다.

"경들은 듣소! 도대체 이 문제 하나로도 국론을 통일하지 못하고 있으니 한심스럽기 그지없구려! 오늘은 짐이 심기가 몹시 불편하니, 일단 모두들 물러가시오!"

그리고 용상에서 몸을 일으키는 영류태왕. 별안간 정체불명의 공허감에 연태조는 부르르 몸을 떨었습니다.

연태조가 휘청휘청 구제궁을 빠져나올 무렵, 대조전 한 모퉁이에서 친위군 총관 소익환과 막리지 민의겸이 한참동안 뭐라뭐라며 속닥거리고 있었는데요, 가끔씩 고갤 끄덕거리면서 수군대고 있는 그들을 아무도 눈여겨보는 사람은 없었습니다.

얼마 후, 막리지 민의겸은 뭔가 골똘히 궁리하는 얼굴로 내전 중문엘 들어서더니 성심을 다 바쳐 아뢰기 시작했습니다.

"성상마마, 무력한 노신, 오늘 어전 대공의에서 마마의 심기를 미령케 하였기에 몸 둘 바를 모르겠나이다."

태왕이 그저 말없이 고개만 끄덕거리자 민의겸은 더더욱 안절부절못하는 몸짓을 했소.

"마마, 황공무지로소이다."

"아니오. 막리지는 너무 자책하지 마시오. 오직 연 총관이 눈엣가시인 것을…. 짐이 이미 당나라와의 친선을 누차 밝힌 바 있거늘, 연 총관은 참 어찌 그리 모든 조신들 앞에서 감히 짐의 위신을 추락시키려 들다니! 이토록 국왕의 위엄이 흔들려서야 어디 나라의 기강이 바로 선다고 하겠소?"

노기등등한 그 지청구에 민의겸은 등골이 오싹했지요.

"마마, 황공하옵니다. 그동안 신병을 구실로 조정에 출사도 않던 연 총관이 이제 새삼스레 출사하여 저토록 방자하게 발언하였사온데, 그 까닭을 캐고 들자면, 그동안 행방불명이었던 그의 아들이 무예를 익혀서 돌아온 데에 있는 것 같사옵니다."

"쉰에 낳았다는 바로 그 아들 말인가?"

"그렇사옵니다. 그래서 이름을 개소문이라고……."

"그런데 그 자가 무예를 익혀? 앞으로 시끄러워지겠군."

태왕의 용안에 그림자 스친 틈을, 민의겸은 놓칠 수가 없었다오.

"성상마마, 아뢰옵기 황송하오나, 연 총관의 아들 개소문이 하는 짓이 참으로 미심쩍사옵니다. 요즈음, 폐출된 선왕의 왕자 보장과 자주 교유한다 하옵는데, 이런 점으로 미루어보면, 연 총관의 이즈음 거동은 여러 모로 우려할 바가 적지 않사옵니다."

그리고 용안을 살핀 민의겸. 아니나 다를까, 용안엔 노골적인 불쾌감이 번들번들했습니다요.

"뭣이라? 연태조의 아들 개소문이 보장과 교유가 잦다?"

"대왕마마, 황공하옵니다!"

"경은 왜 자꾸만 황공 타령인고?"

잠시 후, 의논조로 입을 떼는 태왕.

"그러면 바른대로 말해보게. 돌궐 파병에 대한 경의 생각은 어느 쪽인가 이 말일세."

"황공하오나, 노신, 연 총관과 같은 생각이옵니다."

이번엔 왕이 흠칫 놀라서 머릿속으로 오만 때만 추측이 삐죽빼죽 본 적도 들은 적도 없는 괴상한 춤을 추기 시작했다오.

"오호라, 같은 생각이라? 가장 믿었던 경마저 짐을 배신하겠다, 그 말이던가?"

"마마, 돌궐에서 원병을 청하고는 있사오나, 돌궐의 정세를 자세히 알아보기 전에는 공연히 왈가왈부한다는 것은 부질없는 일이옵니다. 하오니 성상마마께옵서 대명을 내리시어 돌궐에 사신을 보내시옵소서!"

"뭐라고? 파병을 하라는 게 아니라 사신을 보내라고?"

"예이~ 그러하옵니다. 파병이고 원병이고 돌궐 · 당, 두 나라의 정세를 분석하신 연후에 조처하심이 상책인 줄로 아옵니다."

"오호라! 거 좋은 생각이오. 그러하면 경의 참뜻은?"

"마마, 사신이 돌궐에 들어가는 길이 모두 당나라군에 장악되어 있다 하옵니다."

"옳거니!"

영류태왕의 눈에 번쩍 빛살이 스쳤습니다.

"돌궐의 요청을 무조건 거절하기도 대국의 체모가 서지 않을 터. 그 구실로 시간을 벌어보자, 그것인가?"

"하옵고, 북공파의 세력도 이참에 꺾어보자 하는 것이 노신의 생각이옵니다."

"그렇지, 어디 감히 남수북공을 주장하는고. 어디까지나 북수남공 정책을 써야만 나라가 평안한 법! …이참에 북공파의 세력을 꺾는다, 허허허, 생각이 아니라 계략이렷다? 그렇다면 돌궐에 보낼만한 사신감은 물색해두었는가?"

"연 태조 총관이 직접 다녀오도록 함이 지당하온 줄…."

그러자 왕이 무릎을 쳤습니다.

"아하핫! 거 참 좋은 생각일세. 파병을 극구 주장하는 연태조가 직접 간다? 그런데, 헌데 말이오, 노쇠한 연 총관에게 어찌 그 임무를 맡길 수 있다는 말이오? 엥이……. 쩝!"

"마마, 지당하신 염려이시옵니다. 하오나, 마마께오서 연 총관에게 그리 하명만 하시오면, 반드시 그 아들 개소문이 갈 것이오라, 그 점은 심려 놓으셔도 될 것이옵니다."

"옳거니! 과연 막리지의 지모는 상상을 불허 하는구려!"

드디어 결행 의지를 다진 영류태왕의 용안이 환해졌습니다.

"경만 믿소. 대고구려의 종묘사직을 보존하기에 전력을 다해 주시오."

"마마, 하오면 노신, 분골쇄신, 마마를 위해 충성을 맹세하옵고, 그만 물러가겠사옵니다."

"가상하도다. 그러면 어서 돌아가 쉬도록 하시오."

"마마, 성수무강하옵소서."

남몰래 미소 지으며 막리지 민의겸이 물러났습니다.

"잘 됐어! 허어, 잘된 일이야! 싹을 잘라버려야 해!"

대궐을 빠져나오는 중에도 연신 중얼거리던 막리지는 귀가하던 길로 친위군 총관 소익환을 불렀지요. 그리고 하얗게 밤을 밝히며 술잔을 기울였답니다.

바로 그해 단오절 이야기를 좀 하겠소.

평양성 남문 밖에서 5마장쯤 떨어진, 패강의 물줄기에 둘러싸인 양각도15). 이야기의 도입부에서 연비와 바우가 등장한 거기 말이오. 아무튼 그곳엔 아녀자들의 그네타기 놀이가 한창이었소. 무성한 버드나무의 사이마다 온갖 꽃들이 호들갑스레 웃어댔고, 활터와 씨름마당이 마련된 한쪽에선 장정들의 함성이 요란하였죠. 그리고 이들 놀이터와 좀 떨어진 한적한 곳엔 한 건장

한 청년이 팔베개를 하고 누워있었는데, 옆의 버드나무엔 붉은
색 준마가 매여 있었지요. 청년이 무슨 노랫가락을 흥얼거리는
것을 그윽하게 내려다보던 준마가 가끔씩 잔디를 걷어차며 히이
잉, 울고 있는 버드나무 큰 둥치에는 대궁과 쌍전, 장창이 얹혀
있었고요.

그런데 멀리서 부르는 소리가 들렸습니다.

"도련님—"

"무슨 일이냐?"

숨이 턱에 닿도록 허겁지겁 달려온 바우가 연신 식식거리면서
한 곳을 가리키더니 대뜸 더듬거리기 시작했소.

"저, 저기. 싸, 싸움판이 하, 한 바탕 일어났소!"

"넌 또 무슨 뚱딴지같은 소릴 하느냐? 그네 뛰는 아녀자들이야
싸우든지 말든지, 그게 무슨 구경거리라고!"

청년, 아니 연개소문이 양미간을 잔뜩 찌푸리고 바우를 나무
라자, 바우가 연해연방 손짓발짓까지 해가며 동동거리는데, 그
러며 입에서 침이 튀도록 버럭버럭 소리까지 지르는데,

"아이쿠, 도련님! 그게 아니오라, 저, 저기 자세히 보사이다. 친
위군의 장수와 당나라 군사들입니다요! 저것들이 한패거리가 되
어서는, 아 글쎄, 그네를 뛰는 아녀자들을 희롱하지 뭡니까?"

"뭣이? 그게 사실이렷다!"

"옆에 청년들이 말리려고 했는뎁쇼, 아이고, 그 못된 것들이 청년들을 창대로 마구 후려치고, 난리도 그런 난리가 없습니다요!"

벌떡 몸을 솟구친 연개소문. 그는 재빨리 쌍전16)을 등에 메고 장궁을 어깨에 두른 후 창을 비껴들었고, 순식간에 말 잔등에 올랐으며, 그 길로 곧장 말의 엉덩이에 채찍질을 했습니다. 그러자 말이 쏜살같이 내달렸지요. 그네터는 이미 난장판. 친위군의 군관들이 장창17)을 이리저리 휘두르며 여인들을 이리 몰고 저리 몰며 난동을 부리는 중이었죠. 파바박! 눈에서 이는 불꽃을 어찌할 수가 없어서, 연개소문은 말고삐를 바짝 당긴 채로 인파를 헤쳤습니다. 그럼요, 행패 부리는 군관들에게 들이닥친 거였죠.

"네 이놈들! 그만 두지 못할까!"

추상같은 호령. 쩌렁쩌렁한 그 목소리가 멀찍이 떨어져 있는 사람들의 고막까지를 울리자, 바로 앞에서 아녀자에게 수작을 부리던 한 놈이 질겁하여 여자를 놓더니 서너 걸음 뒤로 물러섰지만 이내 "연개소문을 잡아랏!"하고서 수십 명 군사들과 겹겹이 연개소문을 에워싸고서 차츰차츰 포위망을 좁히더라고요.

"하하핫! 하룻강아지 범 무서운 줄 모른다더니!"

말 위에서 좌우를 한 번 쓰윽 둘러본 개소문이 허공을 향해 호탕한 웃음을 터뜨린 거였습니다.

"보아하니, 너희들은 친위군의 군관과 당나라 사관의 무관들! 그런데 어찌하여 이 즐거운 명절에 아녀자들을 희롱하고 양민을 괴롭히는가?"

서슬 퍼런 개소문의 태도에 찔끔했는지, 누구 하나 앞으로 나서서 대꾸하는 군졸이 없어서 강변은 잠시 쥐 죽은 듯이 고요해졌소. 그런데 바로 그때. 친위군 편에서 불쑥 말을 몰고 나오는 장수가 하나 있었는데요, 그는 친위군 총관 소익환이 가장 신임하는 아장으로, 무예가 탁월하고 뱃심 좋기로 장안에서도 타의 추종을 불허하는 위인 장택술이었소. 나라 안 5부 총관부를 통틀어 무예나 힘으로 둘째가라면 서러워할 장택술. 그가 썩 앞으로 나서더니 개소문을 노려보았습니다요.

"흐흐흐, 안 그래도 내가 근질근질하던 참이야!"
하고 제법 우렁우렁한 목소리로

"네가 바로 개소문이렷다! 허허허허! 잘 만났다!"

"무어야? 버르장머리 없는 놈! 감히 뉘 앞에서 입을 함부로 놀리느냐?"

연개소문이 눈꼬리를 빳빳이 치켜세우고서 귀청이 떨어져 나갈 정도로 일갈하자, 행여나 지면 어쩌나 싶었던지 목청을 높이는 장택술.

"이 철부지야! 친위군 총관부의 아장 장택술이를 네 모른단 말이냐? 너야말로 하룻강아지인 걸 진정 몰랐더란 말이냐? 하아, 몰랐다면 이제라도 좀 알아 뫼시거라! 으하하하! 하하하핫!"

장 아장 안하무인격 거만한 웃음소리가 허공을 잡아 흔들자, 연개소문도 되받았습니다.

"이놈! 행실이 고약하더니, 말버릇 또한 형편없구나! 그래, 나라의 녹을 먹는 친위군 총관부의 장수란 놈들이 당나라 사관의 무관을 선동하여 연약한 아녀자나 희롱하고, 이놈! 적을 맞아 싸우라고 내준 창으로 양민들이나 후려치고, 도대체, 그딴 것들이 너희 놈들 임무더란 말이냐? 요런, 천하에 한심한 놈아!"

그러자 장택술 아장이 장창을 비껴들었소.

"에잇! 시끄럽다! 내 창이나 받아랏!"

하더니 우렁찬 기합소리와 함께 바람처럼 돌진하여 불과 대여섯 걸음 앞에서 우뚝 멈추더니, 그런데 창이 연개소문의 심장을 겨누고는 있었지만 좀처럼 놈의 손을 떠나진 못했습니다요. 그렇게 눈빛만으로 놈을 쉬리링! 냉동시켜버리고서 일갈하는 연개소문.

"야 이놈! 어찌 창을 못 던져? 던지지 못하겠으면 냉큼 말에서 내려 무릎을 꿇어라!"

"야잇!"

순간, 급 해동되었는지 어쨌는지, 장택술이 냅다 창을 던졌고, 햇살에 창날을 번쩍이며 힘차게 날아 오른 장창은 그런데, "쟁그랑!" 소리와 함께 두 동강으로 꺾어지더니 힘없이 모래밭에 나뒹굴었지 뭡니까. 연개소문의 장창이 그의 창을 가볍게 때렸기 때문이었는데요. 그는 창을 한 바퀴 빙 돌려 던졌다가 가볍게 되받아들고는 호탕하게 웃었습니다.

"하하핫! 네놈의 창법이 고작 이것이더냐?"

"뭐라고 이놈!"

장택술이 분기탱천하여 달려들자, 연개소문은 창을 거꾸로 들고서 살짝 말고삐를 잡아당겼습니다. 그러자 장택술이 수십 명의 군사들과 함께 연개소문을 에워쌌고, 차츰차츰 포위망을 좁혀들기 시작했는데요, 연개소문이 거꾸로 든 장창은 마치 별개의 생물체처럼 허공에서 펄떡거리더니 원형의 포위망을 차츰 넓혔지요. 동시에 군졸들을 향해 창을 휘두르는 연개소문, 흐흐흐, 그의 장창이 허공을 날을 때마다 군졸들은 머리를 땅에 처박으며 쓰러졌는데, 실로 눈 깜짝할 사이였지요. 그나저나 하이고, 창을 거꾸로 들었기 망정이지, 떼죽음 당하기 십상이었다니까요. 아무튼 멀찍이 떨어져 지켜보던 사람들의 가슴이 저마다 팡팡 뚫리고 있었는데, 그들은 연개소문의 활약에 펄쩍펄쩍 뛰면서 와! 와! 환호를 보내고 있었죠. 그런데 끝이 아니었어요. 연개소문이 즐비하게 쓰러진 군관들을 쓱 내려다보곤 유유히 말발굽을 돌렸는데, 바로 그때, 한 청년이 허겁지겁 달려오더니 연개소문

앞에 와서 턱 엎드리는 거였습니다.

"장군님! 소인의 누이를 좀 구해주십시오."

몹시 화급한 목소리였죠.

"무엇이? 그대의 누이가 어찌 되었다고?"

청년이 패강 쪽으로 고개를 돌리며 손가락으로 한 곳을 가리키는데, 강물에 한들한들 떠있는 유람선이었습니다. 배 안에는 네댓 명이 둘러앉아 한가롭게 술을 마시고 있는 모양이었지요.

"저놈들이 제 누이를 배에 끌어갔습니다!"

"뭐라고?"

연개소문은 가슴 밑바닥에서부터 더운 피가 끓어오름을 느꼈소. 유람선에 친 화려한 비단 장막이며 차일을 보아 친위군의 벼슬아치나 당나라 사신 일행의 행색임이 틀림없었거든요.

"고이헌 놈들!"

그러고 질풍같이 달려 강기슭에 도달한 연개소문.

배에서는 한창 주흥이 무르익고 있는지 띵까땡까 악기소리와 기생들의 노랫소리와 사내들의 희희낙락하는 소리가 강물을 헤적이고 있었죠. 개소문의 눈에선 분노의 불길이 이글거렸고, 가슴에선 당장이라도 활시위를 당기고 싶다는 불뚝 성질이 타올랐습니다.

"여보시오!"

목청을 가다듬고서 우선 유람선에다 고함을 질렀지만 배에서는 아무런 응답이 없었다오. 한창 취흥이 도도하여 떠들고 있는 판이라 못 알아들었나 싶어서, 그는 두 손을 모아 나발을 만들어 입에 붙이고 더욱 크게 소리 질렀지요.

"여보시오!"

그제야 배 안에서 몇이 돌아보는데, 배의 끄트머리에 서서 호위하고 있던 군졸들이었습니다.

"이놈아! 그놈에 돼지 멱따는 소리로 누굴 찾아!"

그들 중 하나가 위엄기 있는 목소리로 소리친 거였죠. 하기야, 그들은 불과 지척인 거리에서 자기들 상관인 장택술 아장을 비롯한 많은 동료들이 연개소문의 창대에 맞아 초죽음이 되었다는 사실을 아직은 모를 것이라, 그래서 저절로 웃음이 터져 나와 배꼽을 잡은 연개소문.

"핫하하! 아하하! 가소로운 놈! 네놈 목소리는 그럼 닭 모가지 비트는 소리냐! 잔말 말고, 그 배에 타고 있는 친위군 총관 나리에게 좀 보잔다고 일러라!"

"야아, 이 방자한 놈 봐라? 네 어찌 함부로 우리 대감마님을 찾는단 말이냐? 도대체 네놈은 누구이기에 그리도 무엄하게 큰 소리로 떠드는 게야!"

이윽고 배에서 장막을 걷고 밖을 내다보는데, 당나라 사신 이대룡과 대작하고 있던 소익환. 강변에 떡 버티고 서서 감히 친위군 총관을 찾는 자의 행색을 보아하니 가소롭게도 쌍상투를 튼 새파란 총각. 그 총각이 다시 고함을 내지르고 있었소.

"이놈! 잔말 치우고, 어서 총관을 부르지 못할까!"

"도대체 네놈은 누구냐? 네놈 정체나 밝혀라!"

흐흐흐, 웃음 물고서 개소문은 고개를 끄덕였습니다.

"하하, 네놈 말이 옳다! 여봐라! 나는 서부총관부의 연개소문이다. 어서 너희 대감께 여쭈어라!"

뭔가 집히는 바가 있었던지, 군졸이 슬쩍 뒤돌아보며 무슨 말인가를 했고, 순간 총관의 얼굴에 긴장감이 스쳤지만, 총관의 긴장감이야 알 바 없이 군졸은 더욱 큰 소리로 외쳤습니다.

"네가 서부총관의 아들 연개소문이란 말이냐?"

"그렇다!"

"그렇다고? 그러면 네 이놈! 어찌 감히 우리 친위군 총관님을 만나겠다고 떠드는 게냐? 썩 물럿거라!"

"오호라, 높디높으신 친위군의 총관님이시군!"

연개소문이 비아냥거리거나 말거나, 군졸은 제법 호기롭게 장검을 뽑아 들더니 휙휙 허공을 칼질하며 뭐라 뭐라고 호통에 열중하고 있었는데, 그러거나 말거나 유유히 등덜미에서 화살을 뽑아 활시위에 살을 먹인 연개소문은 단 한 치 오차도 없이 군졸을 겨누고서 소리쳤다오.

"네 진정 말을 듣지 않겠다고? 어디 혼 좀 나 보아라!"

쩌렁쩌렁한 목소리가 온 강변을 울린 그 순간, 유람선 안에서 놀던 소 총관은 물론, 강변 언저리의 모든 살아있는 눈동자들이 일제히 연개소문의 손을 주시하는데, 사뿐히 시위 떠난 화살이 팽팽히 바람을 가른다 했더니 어느새 "쨍그랑!" 군졸이 빼든 칼이 날카로운 쇳소리와 함께 두 동강 나서, 동시에 허공에 높이 뛰어올랐다간 냉큼 시푸른 강으로 곤두박질쳤습니다요. 흐흐흐, 뱃전에 엉덩방아를 찧으며 주저앉아버린 호위군졸을 벙하니 보며, 소 총관은 물론 그를 둘러싼 여러 취객들도 가슴을 쓸어내렸지요.

유람선엔 어느새 취흥이 사라지고 이름 모를 정적만이 감돌았습니다. 그런 한편 강변에 운집해있던 사람들은 모두 흥분하여 웅성거렸습니다. 유람선에선 당나라 사신 이대룡이 소 총관의 얼굴을 멀거니 보며 어서 빨리 해결하라고 채근하는 눈짓을 했고, 자기 위신이 말이 아니게 추락했다는 느낌에 기분이 엉망진창이 된 소 총관은 새삼스레 분통이 터져서 술이 확 깼습니다. 그는 오만상을 찌푸리면서도 호통을 치려고 안간힘을 썼는데요.

하지만 어찌된 셈인지 몸이 말을 듣질 않았고 입도 열리질 않았지요. 친위군 총관의 체면유지는 해야겠고, 그래서 억지로 움직이려고 몸을 움찔거려보는데 바로 그때, 또다시 연개소문의 목소리가 그의 귀청을 울리기 시작했다오.

"여보쇼, 친위군의 총관 나리! 그 총관부 군졸들이 납치해간 여염집 처녀를 어서 돌려 보내시오!"

일이 이쯤 되자 천하 안하무인격 당대의 세도가인 소익환도 절절 매지 않을 수 없는 일. 그는 우선 좌우를 둘러보며 명령했습니다.

"여봐라! 어서 빨리 장 아장을 불러 오너라!"

그러나 장 아장은 온 몸이 피투성이가 된 채 간신히 도망 와있는 참. 차일 뒤쪽에서 가쁜 숨을 몰아쉬고 있던 그는 우물쭈물 소 총관 앞에 서서 연개소문과 대결했던 일을 이실직고하기 시작했소.

"대감마님, 연개소문의 무예가 어찌나 출중한지 소장과 30명의 군졸로는 도저기 감당할 수가 없었사옵니다."

힘없이 머리를 조아리는 아장의 이마에서는 아직도 선혈이 뚝뚝 떨어지는 중이어서, 소 총관은 모골이 송연하였습니다만, 겉으론 안 그런척하며 짐짓 눈살을 찌푸렸지요.

"에잇! 못난 놈, 썩 물러가지 못할까!"

"죄송하옵니다, 대감마님,"

장 아장이 비실비실 차일 뒤로 물러난 후, 소 총관은 잠시 난감 지경에 빠진 채로 으드득, 이를 갈았습니다요.

'결단코 잊지 않겠다. 반드시 되갚아주마!

"총관 나리! 만에 하나, 그 아녀자를 빨리 돌려보내지 않으신 다면 또 한 번 이 화살 맛을 보여드리겠습니다."

또다시 연개소문의 우렁우렁한 목소리가 귀를 후비고 들자, 그는 가슴이 답답하여 미칠 것만 같았습니다.

'개소문인지 개뼉다군지, 이놈! 어디 두고 보자!'

그는 옆에 쪼그리고 앉아 바들바들 떨고 있는 낭자를 내려다 보았습니다. 그냥 돌려보내긴 몹시 아까운 미모. 잡은 물고기를 도로 살려주라니! 억울하기 이를 데 없었지요.

'일단은 돌려줄 수밖에……'

그는 태연자약한 표정으로 옆에 시립한 군관을 불렀습니다.

"이 계집을 저기 강변에 연개소문 놈에게 던져주고 오너라."

소 총관의 말이 떨어지기가 무섭게 두 군졸이 낭자의 팔다리 를 붙들어내어 작은 배에다 내동댕이쳤고, 잠시 후 배는 맞은 편 강변에 버티고 서 있는 연개소문에게로 다가왔습니다.

간신히 구출된 낭자가 창백한 얼굴을 들어 연개소문을 올려다 보는데, 초롱초롱한 눈망울이 눈물로 범람하며 무수한 언어를 토하고 있었다오.

"바로 이 낭자가 그대의 누이동생인가?"

한참 낭자를 내려다보던 연개소문이 옆에 서 있는 낭자의 오라비에게 물었던 거요.

"예에, 장군님, 이 은혜, 무엇으로 보답해야 하올지……."

"이만 일에 보답은 필요 없소. 어서 피하시오. 누이동생을 데리고 되도록이면 멀리 떠나도록 하시오. 그렇지 않으면 저 불한당 놈들이 또다시 당신들을 괴롭힐 게요. 나는 당신들이 아주 멀리 사라질 때까지 이곳에서 지키고 있을 거요."

"아아, 장군님. 이토록 대은을 베풀어주시니 황공하기 이를 데가 없습니다. 크나큰 이 은혜, 후일에 결초보은 하겠습니다."

거듭거듭 절을 하면서 걸음을 재촉한 남매. 그들이 시야에서 멀어질 때까지 말 위에 앉아 지켜보던 연개소문이 이윽고 뒤돌아보자 바우가 멀뚱히 말고삐를 잡고 있었소.

"너무 늦었구나. 이제 그만 집으로 가자꾸나."

고삐를 당기며 박차를 가하자, 말은 한 번 앞발을 높이 들었다 놓고는 달리기 시작했는데요, 다다다, 다각, 다각, 다다다, 말발굽 닿는 곳곳마다 뿌옇게 모래먼지가 일어나며 그들의 모습을 가려주었습니다.

문덕도사의 선견지명

다음날, 연개소문은 아버지의 부름을 받고 사랑채로 갔지요.

"개소문아! 어제 네가 양각도에서 일을 벌였다지?"

"아버님, 송구합니다."

연개소문은 고개를 푹 떨구었습니다. 가만히 아버지를 보니 양 볼이 움푹 들어가 양쪽 광대뼈가 더욱 붉어진 노쇠하고 지친 얼굴모습이었습니다.

"아버님, 무슨 걱정을 그리 하십니까?"

"아니다."

"아버님, 지금 우리나라에 와있는 당나라 사신은 어떠한 위인 이옵니까?"

"당의 사신 말이냐? 음⋯⋯."

연태조는 지그시 눈을 감았습니다. 갑자기 친위군의 소익환과 당나라 사신 이대룡의 얼굴이 막리지 민의겸의 모습에 겹치면서 흉측한 괴물의 형태로 그의 머릿속을 들쑤시는 바람에 번쩍 뜬 그의 두 눈. 그 눈동자엔 방금까지 서려있던 수심의 빛은 온데간데없어지고 어떤 결연한 빛마저 감돌고 있었지요.

"네 이미 혼인할 나이가 되질 않았느냐?"

"아 예. 어서 해야지요. 아버님……."

잠시 당황했던 개소문은 문득 하란의 얼굴이 떠올랐습니다.

'낭자……. 조금만 더 기다려주오!'

그의 가슴에 촉촉한 물안개가 자욱해지며 보라빛깔 그리움이 차올랐지요.

"이제는 내가 너무 늙었다. 너는 하루 빨리 성가하여[18] 아비의 뒤를 이어야 한다. 우리 서부 총관부 산하 56개 산성도 이제는 네가 돌봐야 하느니라. 알겠느냐?"

"아버님, 명심하겠습니다."

그러고서 연개소문은 자세를 고쳐 앉아 하란에 대한 이야기를 소상히 말씀드렸습니다.

한동안 부자 사이엔 침묵만이 흘렀습니다.

"아비는 너만 믿는다."

한참 후 먼저 입을 연 연태조는 벼루에 물을 부어 천천히 먹을 갈았지요. 그리고 화선지에다 무언가를 적어 내려가기 시작했는데, 이윽고 붓을 놓은 연태조는 마루로 나가 바우를 불렀습니다.

"너는 이 서찰을 가지고 이 밤 안으로 말을 달려 산성으로 가거라. 연비 별장을 만나란 말이다. 그리고 별장과 함께 평원 땅 공대인 댁을 다녀오는 게야. 조심스럽게, 절대로 대사를 그르치지 않도록……. 어서 빨리 다녀오도록 해라."

"예이, 대감마님 하명, 어김없이 봉행하겠사옵니다."

괜스레 신바람 나서 경중경중 춤추는 모양새로 뛰어나가는 바우를 바라보며, 연태조는 아들 개소문에게 당부했습니다.

"너는 당분간 다른 생각은 일체 하지 말거라. 공 대인 댁 권속이 도착하는 대로 너의 혼사를 치러야 하니까 말이다. 우리 총관부를 상속하려면 그렇게 안팎으로 준비하고서 마음을 단단히 다져야 하느니라."

"예, 아버님, 명심하여 행하겠습니다."

초여름. 연태조는 오래간만에 관하 산성의 성주들에게 명을 내렸습니다. 아들과 함께 산성들을 둘러보기 위함으로써, 널따란 서부 총관부 앞뜰에는 아침부터 많은 군사들이 부산하게 움직였는데요. 따가운 초여름햇살이 뜰에 있는 모든 꽃과 풀과 나무들에 내리쬐어 유난히 반짝거리던 그때, 어디서 왁자지껄한 소리와 시끄러운 말 울음소리가 들려왔습니다. 말 탄 군관 20여 명의 호위를 받으며 서부총관으로 오는 행렬이었죠. 그 선두엔 친위군의 장택술 아장임이 분명하였고, 가운데는 황문시랑[19] 조연우의 모습이 보였으며, 조연우의 좌우에는 서슬 퍼런 친위군들이 호위하고 있었지요. 뜰에서 산성으로의 출동준비를 서둘고 있던 오 낭장. 그는 이외의 손님들을 의아한 눈초리로 바라보고 있었는데, 더구나 장택술 아장을 확인하고는 아연실색하지 않을 수 없었지요.

'도련님에게 된통 터졌다더니, 그거 자랑하려고 나타난 거야? 게다가 황문시랑까지?'

황문시랑이란 그리 높은 벼슬은 아니었지만 궁중에서 대왕을 가장 가까이서 모시는, 이른바 내시였습니다.

'필시 대왕의 어명을 받들고?'

오 낭장은 부랴부랴 뛰어나가 예를 올렸습니다.

"황문시랑 나리, 어서 오십시오."

"본 황문시랑, 대왕마마의 어명을 받잡고 연 총관을 뵈러 왔소. 어서 안으로 안내하오!"

황문시랑은 나무판대기 같이 딱딱한 표정으로 얼음장처럼 차가운 목소리를 솔솔 불어냈고, 오 낭장 역시 딱딱하게 얼어버린 얼굴로 그들을 안내하고 있었는데, 때마침 밖으로 나오던 연 총관 부자와 맞닥뜨렸습니다. 뜰로 내려서려다가 황문시랑 일행을 발견하고서 움찔한 연태조.

"어인 일이시오?"

그의 말은 자기도 모르게 조금 떨려 나왔습니다.

"서부총관 대감께선 급히 입궐하시라는 분부시오."

황문시랑은 허리를 발딱 젖힌 채 거만하게 첩지를 전했지요.

"성상마마께옵서?"

첩지를 받아든 연태조의 손이 파르르 떨렸습니다. 집안의 경사를 앞에 두고 며칠간 불안해하던 일이 마침내 터진 거였죠. 연개소문 역시 심상치 않은 일이 벌어질 것이라는 예감에 사뭇 불안했습니다. 더욱이 일전에 맞서 겨뤘던 친위군의 아장이란 존재가 몹시 거슬렸는데요. 아니나 다를까, 장택술 아장은 무슨 참전 상이용사처럼 온 몸 여기저기를 친친 감고 있었지요, 하이고, 채 아물지도 않은 상처부위를 영광의 상처라도 되는 듯이 드러내놓고 두 다리 쩍 벌리고 서 있는 모양새가 아주 가관이었답니다.

"내 입궐하여 마마를 배알하고 올 터이니, 너희들은 일단 산성 순회 준비를 중단하고 내가 올 때까지 기다리라!"

연태조는 군졸이 끌고 온 준마에 성큼 올라탔습니다.

"아버님, 소자가 모시고 가겠습니다."

어느새 연개소문도 말에 올라타 있었죠.

"아니 된다. 너는 남아서 아비를 기다리도록 해라!"

"아버님, 반드시 소자가 모시고 갈 것이옵니다."

아들은 좀체 아비 말을 들으려 하질 않아서, 아비는 일말의 불안감을 애써 감추며 묵묵히 말을 몰았고, 아들은 이미 저만치 앞장서서 말을 달리기 시작했지요.

연태조와 아들 개소문이 내성을 지나 구제궁으로 향할 무렵, 마치 기다리고 있었다는 듯이 한 노인이 나타났는데요, 굵은 삼베도포를 입고 커다란 방립을 쓴 노인이 말을 탄 채로 연태조 부자에게 바짝 붙었던 겁니다.

'앗! 사부님!'

얼결에 소릴 지르려다 말고 주저하는 연개소문에게, 노인은 방립을 손으로 제치는 동시에 조용히 하라는 시늉을 했습니다. 그리고 말을 탄 채로 연태조 옆으로 다가선 노인, 아니 문덕도사,

"대감, 어전에 나가시면 필시 돌궐로 보낼 사신을 거론할 것인즉, 반드시, 대감 대신 개소문을 보내겠다고 하시오!"

그리고 어느새 바람처럼 사라져버린 문덕도사.

"혹시 꿈을 꾼 거냐?"

아직도 감격이 남아있는 얼굴로 개소문이 머리를 설레설레 흔들었습니다.

"아버님, 꿈이 아닙니다. 스승님의 말씀대로 하십시오."

구제궁 정문 앞.

"애야, 너는 여기서 기다리도록 해라."

"예, 아버님. 다녀오십시오."

황문시랑은 연태조를 내전이 아닌 대조전으로 안내하였습니다. 태왕은 본래 어전회의가 아닌 한 대소신료들을 대조전에서 접견하는 법이 없었는데요. 급한 일이 있을 땐 일쑤 내전으로 부르는 것이 상례였던 거죠.

'급한 일이 아닌가?'

괴이한 생각이 들었지만 연태조는 묵묵히 황문시랑의 뒤를 따랐습니다.

"신 연태조, 지엄하신 분부 받자와 대령하였사옵니다."

황문시랑이 물러가고 연태조가 부복[20] 배례하였는데[21], 용상의 좌우엔 해괴하게도 3공의 재상들은 한 사람도 보이질 않고, 친위군 총관인 소익환만이 태왕의 뒤에 시립해있는[22] 거였지요. 근엄한 표정으로 용상 아래 부복하고 있는 연태조를 쏘아보던 태왕은 등 뒤의 소익환에게로 눈길을 돌렸다가 소익환이 고개를 떨어뜨리자 또다시 연태조를 내려다보았습니다.

"짐이 전에도 경들과 상의한 바 있거니와, 돌궐 원병 문제가 아직도 해결을 보지 못하고 있어 여간 괴로운 일이 아니구려. 더욱이 돌궐의 사신은 날마다 입궐하여 짐에게 원병을 간청하고 있으니, 도대체 이런 성화가 또 어디 있단 말이오? 이 문제에 대하여 경은 기탄없는 의견을 말해주기 바라오."

'괴이하구먼. 파병을 극구 주장해온 나에게, 그것도 소 총관 외엔 다른 신하도 없는 자리에서 파병문제를 하문하시다니…. 하기야 언제는 저런 식 아니었던가. 자기주장을 기탄없이 말해보라고? 예에, 상주[23]하옵죠.'

또다시 결연한 목소리로 아뢸 수밖에 없는 연태조.

"성상마마, 신의 소견으로는 돌궐에 원병을 보냄이 사리에 합당한 줄로 아뢰옵니다."

언제나 그래왔듯이 태왕은 또다시 입맛이 썼지요.

"경은 기어이 파병함이 옳다고 하나, 만조의 문무백관들은 모두가 파병을 반대하니 이를 어쩌면 좋단 말이오?"

짜증나서 팔짝 뛸 지경이었지요. 그야말로 하고 또 해오던 중복 문답이었으니까요.

'하기야, 그간의 사안을 총정리 하는 셈 치면 뭐…….'

"경은 어찌하여 대답이 없는고?"

"성상마마, 지금 돌궐은 당의 침략으로 존립이 위급한 때인 줄로 아옵니다. 하오니, 지난 날 돌궐이 우리나라를 위해 많은 원병을 보내온 그 신의를 유념해 보옵소서. 돌궐이 위태로운 이때 성상마마의 천병을 보내시와 그 위급을 구하는 것이 하늘의 뜻인 줄로 소신 생각하옵니다."

"호오, 경의 뜻이 정 그러하다면 원병 그거 합시다. 그런데, 내 청이 하나 있소."

연태조는 자기 귀를 의심하며 몸 둘 바를 몰랐습니다.

'지성이면 감천이라고 했던가? 그런데 청이라니!'

"돌궐에 원군 파병을 반대하는 여러 대신들을 납득시켜야겠소. 그러기 위해서는, 돌궐의 사정을 좀 더 세세하게 조사한 연후에야 이 문제를 해결함이 좋을 듯싶소. 파병의 타당성을 들이대는 데야, 자기들이 더 무슨 반대를 하겠소?"

연태조가 고개를 갸우뚱하거나 말거나, 태왕은 연이어 옥음24)을 굴렸습니다.

"경은 이를 어찌 생각하오?"

"……."

"경은 어째 아무런 응답이 없소?"

"성상마마, 돌궐에 사신을 보내심이 옳겠나이다. 그래서 그들의 실정을 소상히 조사한 후에야 파병 여부를 결정함이 지당하신 줄 아옵니다."

연태조가 확고한 신념으로 아뢴 것이었습니다. 아니, 태왕의 작전에 말려들고 만 셈. 그랬소. 고개를 크게 주억거린 태왕은 회심의 미소를 지었소.

"오호라, 오랜만에 우리 의견이 한 노선이구려. 그러면, 또 묻겠소. 과연 누구를 돌궐로 보냄이 옳겠소?"

바로 그때, 영류태왕 뒤에 시립해있던 소익환이 한 발짝 앞으로 디디며 짐짓 얌전스레 상주하기 시작했습니다.

"성상마마, 소신의 의견을 잠시 아뢰겠나이다. 황공하오나, 만조백관들이 모두 돌궐파병을 반대하는 마당에 오직 연태조 총관만이 옳다고 하였사옵니다. 이런 판이니, 다른 사람이 사신으로 간다고 하면 연 총관은 필시 이를 믿지 못할 것으로 사료되옵나이다. 뿐만 아니오라, 연 총관은 너무 나이가 많사와, 사신으로 가라고 함은 심히 부당하와서……. 그러하오니 마마, 연 총관의 자제 연개소문을 보내 돌궐의 자세한 실정을 알아보게 하는 것이 어떠하올지, 감히 아뢰옵나이다."

그윽한 눈길로 내려다보며 회심의 미소를 짓던 태왕.

"경에게 돌궐 땅 사신으로 보낼만한 자제가 있었던가?"

'이럴 수가? 도사의 말이 딱 맞아떨어지다니…….'

연태조는 억장이 무너졌습니다.

'허나 곧바로 개소문을 사신으로 보내겠다고 응답하면 그 또한 의심을 살 터…….'

식은땀 줄줄이 흐름을 감수하면서도 입을 연 연태조,

"성상마마, 황공하오나, 소신의 자식은 아직 어리고 미거하와 그러한 중책을 맡을만한 그릇이 못 되는 줄로 아뢰옵니다."

그러자 소익환이 턱 나서며 연태조를 쏘아보았습니다.

"어리고 미거하다니! 아니 연 총관 대감! 어찌 감히 성상마마 앞에서 거짓을 아뢴단 말씀이오? 대감의 자제 연개소문은, 무예가 타의 추종을 불허하는 인물이라고 장안에 소문이 파다하더이다. 칼이고 활이고 귀신같이 다룬다는데, 와이고, 대감 혼자서 모르고 계셨더란 말씀이오?"

아예 입을 다물어버린 연태조. 아무리 문덕도사의 언질이 있었기로서니, 어릴 때 헤어지고 10년 만에야 돌아온 아들을 또 만리타국에 보낸다는 것은 가슴이 난도질당하는 것만 같은 아픔이었던 거요. 그래서 털썩 주저앉아 펑펑 울고만 싶었지요. 하지만 신하의 그런 속은 알 바 없이, 껄껄껄, 웃음을 터뜨린 영류태왕.

"경의 자제가 그토록 슬기로운 줄은 짐도 금시초문이구려. 그렇다면 반드시 경의 자제에게 사신의 중책을 맡김이 좋을 듯한데, 경의 뜻은 어떠하오?"

어쩔 수 없는 일. 이미 각오한 일. 연태조는 등골을 타고 흐르는 식은땀을 의식하며 머리를 조아렸습니다.

"마마, 황공하옵나이다. 미거한 소신의 가아25)에게 사신의 중책을 맡기시오니……."

"허허허허! 경이 쾌히 수락하니 짐의 마음도 한결 흡족하오. 어서 날짜를 택하여 출발할 준비를 서두르도록 하오!"

"분부 한 치 어김없이 받들겠사옵니다. 하오나 성상마마!"

연태조는 혼신의 힘을 다하여 아뢰었습니다.

"마마, 소신의 가아는 혼사를 앞에 두고 있사옵니다. 한 달간의 말미라도 주시옵기를 바라나이다."

"경이 알아서 하오. 그러나 명심할 것은, 국사는 사사로운 일에 앞서는 법이니, 그 기한이 절대로 한 달을 넘지는 말아야 한다는 것이오."

"황공하여이다, 소신, 대명을 어김없이 봉행하겠나이다."

비로소 용안 가득히 만족한 웃음을 실은 영류왕, 그는 곧장 황문시랑을 불러들였습니다.

"경은 지체 없이 시행하라. 연 총관의 자제 연개소문이 한 달 후 돌궐 사신으로 갈 수 있도록 그 절차 착오 없이 이행하라."

"예이~ 소신 대명을 받자와 어김없이 봉행하겠나이다."

두 대신 번갈아보며 태왕은 밝은 미소를 지어보였습니다.

천근 무거운 마음으로 어전을 물러나온 연태조. 그는 대전 뜰 앞에서 기다리고 있을 아들을 찾아 다각, 다각, 걸음을 떼었소. 오만 떼만 생각이 오락가락하여 착잡하기 그지없는 심경으로 아들이 있을 곳에 당도했더니, 그런데 아들의 모습이 보이질 않아서 초조하고 불안한 심정을 누르며 두리번거리다가 보니 문득 소나무 숲 근처에서 많은 사람들이 모여 떠들썩하고 있었소.

"어느 놈이 무엄하게도 대전 앞에서 소란을 피우는고?"

혼잣말을 하며 그쪽으로 말을 달리던 연태조는 갑자기 섬뜩하였다오. 군사 30여명이 피를 흘리며 여기저기 꼬꾸라져 있었으니까요. 너무 황당한 일이라 정신없이 앞으로 달려갔더니, 그곳에는 군사 60명가량이 단 한 사람을 포위하고 싸우는 중이었는데, 그런데 맞붙어 싸우는 모양새가 아닌 것이, 젊은이가 단 한 번 창대를 휘두르면 한꺼번에 여럿이 나가떨어지는 식이었죠. 젊은이는 높은 나뭇가지 사이를 비호처럼 날아다니며 공격하고 있었는데, 삽시간에 2~30명의 군졸이 창대에 맞아 쓰러지고 있었습니다. 귀신의 몸짓. 그랬소. 사람일 수가 없었소. 다시금 말에 뛰어내린 그 젊은이는 달아나는 군사들까지 추격할 태세를 취하는데, 마치 꿈을 꾸는 것만 같았다오.

'도대체 누구야?'

연태조, 좀 더 가까이 말을 몰아 젊은이의 바로 옆으로 다가가려는데, 등 뒤에서 성급한 말발굽소리가 들려오더니 우뚝, 옆에 와서 서는 거였소. 바로 친위군 총관 소익환. 벌겋게 달아오른 얼굴, 금방이라도 폭발할 것처럼 식식거리는 숨결.

"아니, 소 총관, 대전 바로 앞에서 이 어인 까닭이오?"

"뭐라고요? 그걸 몰라 묻소이까?"

"무슨 말씀이시오?"

"대감의 자제분이 저 모양인 것을, 정 모르신단 말씀이오?"

"우리 개소문이?"

화들짝 놀란 연태조, 황급히 말을 몰아 젊은이의 바로 앞으로 갔더니 과연 개소문!

"이게 무슨 짓이냐!"

연태조의 노한 목소리가 쩌렁! 솔숲을 울리자, 그제야 말에서 뛰어내려 곧 바로 아버지 앞에 무릎을 꿇으며 고개를 떨어뜨린 개소문.

"아버님, 송구합니다. 저 어리석은 군사들이 공연히 시비를 걸어선 창칼을 들고 마구 휘두르기에 할 수 없이 그만 이 지경이 되고 말았습니다."

"아무리 그랬더라도 여긴 대전 앞이 아니냐? 참았어야지!"

"송구하옵니다. 아버님, 그러나 먼저 일을 벌인 쪽은 저쪽. 대전 앞이니 가만히 당하라는 말씀은 아니시겠지요?"

소익환의 눈치를 살피니 그는 연개소문을 잡아먹을 듯이 노려보는 중.

"개소문아! 소익환 총관님이시다. 인사 올려라!"

부친의 뜻을 감지한 연개소문이 재빨리 무릎을 꿇고 너부죽이 큰절을 올리는데

"대감께 인사 올립니다. 소인 아직 미거하와서 대감께 심려를 끼쳤습니다. 대단히 송구스럽습니다. 제 본의가 아니었사오니, 부디 용서해주시길 청하옵니다."

오히려 기선을 제압당한 꼴이 된 소익환. 그는 딱딱하게 굳었던 얼굴을 풀지 않을 수가 없었습니다.

'허어, 일당백이로군!'

양각도에서 톡톡히 당했던 일이 떠올라 치가 떨렸지만, 따지고 들면 번번이 이쪽 잘못이었으니까 뭐, 할 말도 없었고요.

"연 총관 대감과 나는 대대로 맺어온 교분이 두텁다네. 서로 대왕마마를 모시는 중신된 처지이지. 그런데 우리 군관들과 그대가 맞붙어 충돌해서야, 바람직한 일이 아니지 않나? 허허허!"

짐짓 점잖은 목소리로 개소문을 타이르는 소익환을 따라 연태조도 웃었고, 그 아버지의 마음을 간파한 연개소문은 다시 소익환에게 배례를 올렸습니다.

"소 총관 대감, 앞으로 다시는 이런 불상사가 없도록 각별히 조심하겠사옵니다."

연개소문이 이렇게 저자세로 나오니 소익환은 더 이상 이 문제를 거론할 명분이 서질 않았습니다.

"소 대감, 아직 철없는 가아가 저지른 일, 부디 용서하시오."

"너무 심려 마시오. 이왕 저질러진 일이고, 상황은 끝이 난데다 다친 자는 있으나 죽은 자는 없으니 말이오."

이윽고 연태조는 가뿐하게 말에 올랐고, 개소문도 가뿐한 몸짓으로 말에 올라 아버지와 나란히 말을 몰았습니다.

연태조가 아들 개소문과 함께 집에 돌아왔더니 뜻밖에도 반가운 손님 문덕도사가 기다리고 있었습니다.

"아이고 도인! 우리 개소문이 돌궐 사신으로 가게 된다는 걸 어찌 미리 아셨소이까?"

문덕도사가 그저 싱긋이 웃기만 하자, 개소문은 느닷없이 절을 하였습니다.

"사부님 오랜만에 뵙습니다."

"하하, 오늘 두 번째 보는 것 아니던가?"

"아 참! 잠깐 뵈었지요. 눈 깜짝할 새 스쳐 가시는 바람에 그것이 꿈인 줄 알았습니다."

"하하하, 건장한 너의 모습을 다시 보니 내가 회춘하는 기분이다. 그렇지 않소? 연 대감."

도사는 고개를 돌리고 연태조에게 동조를 구하는 눈길을 보냈소.

"10년 세월……. 그 동안 이 늙은이의 마음은 하루도 개소문을 떠난 날이 없었소이다. 허니, 구중궁궐에서 일어날 일인들, 그게 개소문과 관계된 일인데 어찌 모를 리가 있겠소이까?"

저절로 머리가 숙여진 연태조. 그렇소. 제자를 사랑하는 스승의 마음이 친 아비의 마음과 추호도 다를 바가 없었던 거요.

"내 이미 늙었소이다만, 대고구려의 기상을 저버릴 수가 없어서 북을 치고 남을 사수하라는 방책을 고수, 주장해왔소이다. 얼마 전에 어전의 대회의가 열렸었는데, 나는 모든 조신들의 반대를 무릅쓰고 홀로 돌궐파병을 주장했었소. 금상마마께서도 지금 한때의 화평이 영원한 평화로 이어질 줄로 아시는 것 같았소이다. 그런데 오늘 돌연 입궐 분부를 받자와……."

연태조, 그의 가슴속에선 온갖 회포가 들끓었습니다.

"마마께오선 이 늙은 신하의 아들 개소문을 돌궐 사신으로 보내라는 지엄하신 대명을 내리셨소. 도무지 내키지 않았지만 도인의 귀띔도 있었고 하여……."

"잘 알고 있소이다. 간악한 무리들이 저들의 지위와 권세를 굳게 다지려고 개소문을 사지로 몰아넣으려는 음모를 꾸민 겁니다. 그러나 연 대인! 이것이 개소문에게는 오히려 전화위복의 기회라고 생각하사이다."

"그러나 아비가 어찌 아들을 사지에 즐겨 보내리오?"

연태조는 한숨을 푹 내쉬었습니다.

"허나, 그 사지는 생각하기에 따라서는 좋은 수련장이외다. 큰 인물이 되려면 돌궐이나 당나라에 한번쯤 들어가 천하대세를 통찰해봄이 필연이니까요."

연태조는 고개를 끄덕였지요. 지난날 명장이었던 문덕도사, 아니 을지문덕 장군도 생사를 가름 할 수 없는 적진에 목숨을 내놓고 뛰어들었던 장본인. 한없는 존경의 눈으로 그는 도사를 바라보았소.

"아버님, 사부님 말씀 지당하십니다. 소자도 돌궐이나 당나라에 들어가 한번 천하대세를 살펴보는 것이 좋다고 여겨지옵니다."

자객들

평양성 서문 큰 길을 빠져나와 오솔길로 접어들었던 두 대의 마차가 서문에서 20리쯤 떨어진 산골짜기를 지나 평평한 산마루에 도착했는데요, 으스스 소름이 절로 돋는 퇴락한 사당 앞뜰이었습니다.

한 마차에서 이리 비척, 저리 비틀 하면서 술 취한 사람들이 내렸는데, 별스레 모두들 수건으로 눈을 가린 채였답니다. 그리고 또 다른 마차에선 장정들 몇이 풀쩍풀쩍 뛰어내리더니 그 술꾼들을 하나하나 사당 안으로 이끌어 들이고 있었는데, 하이고, 천리 밖으로 술기운 달아나버린 술꾼들의 몸은 바짝 긴장한 나머지 마치 톡 때리면 꽈당! 넘어질 것만 같은 꼭두각시 같았는데요, 아무튼 누군가가 뭔 지시를 내리자 그들은 거의 원형으로 웅기중기 섰고, 그러자 갑자기 우렁우렁한 목소리가 귀를 덮치는 게 아니겠습니까.

"잘 왔다! 모두 그 자리에 그대로 편히 앉도록! 너희들은 이제 우리 대장군님의 지시를 받기 위해 지하요새로 들어간다. 만일 너희들 중 한 놈이라도 충성이 부족한 자가 생기면 모조리 죽임을 당할 것이니, 각별히 조심하라! 알겠느냐!"

비좁은 공간을 가득 채우며 귀청이 찢어질 정도로 울리는 호령.

"예이!"

"지금부터 그 어떤 일이 벌어지거나 괴상한 소리가 나더라도, 놀라거나 궁금해 하지 말도록! 알아듣겠는가!"

"예이!"

곧이어 웅! 하는 웬 짐승소리와 함께 술꾼, 아니 장정들이 앉은 자리가 서서히 움직이기 시작했는데, 희한하게도 사당의 바닥이 커다란 바위였던 모양으로, 그것이 장정들을 태우고 통째 수직 하강하고 있었던 거요. … 드디어 괴상한 소리가 멎었고 바로 앞의 바위가 두 쪽으로 쩍~ 갈라지더니 그들의 몸이 모두 일으켜졌습니다. 그리고 갈라진 바위틈으로 안내되어 한참 더 걸어가서야 모두들 우뚝우뚝 발을 멈추었습니다.

"자아! 너희들은 이제 지하요새로 안내되었다. 각자 눈을 가린 수건을 벗어라."

그들은 얼른 수건을 벗고 사방을 두리번거렸습니다. 널따란 방안엔 열두 폭 산수화 병풍이 세워져 있었고, 병풍 앞에는 여기 저기 기묘한 촛대에 촛불이 휘황찬란하게 타고 있었는데, 그 촛불들은 커다란 상에 차려진 진수성찬을 비추고 있었답니다. 아이고, 너나할 것 없이 연신 코를 벌름벌름하며 황홀한 기분에 휩싸인 그 순간, 어디서 울긋불긋한 장수복을 입은 사나이가 나타났습니다.

"나는 여러분들을 믿습니다. 여러분들이 여기 이 이소룡 주인의 명령, 잘 이행하고 돌아오시오! 그리하면 각기 그 공에 따라 푸짐한 상을 내릴 것이오."

말을 더듬거리는 양을 보아하니 고구려 사람은 아니었는데요, 아무튼 장수가 소위 이소룡에게 무슨 당부의 말을 거듭하고서 총총히 사라지자 그제야 이소룡이 활개를 치기 시작했습니다.

"자아! 여러분! 이제 우리끼리 마음 놓고 마십시다."

제각기 이소룡에게 굽실거리며 술잔을 들었습니다.

"주인님 은덕으로 잘 놀게 되었습니다."

"하하하! 사흘 후면 연개소문이 돌궐로 떠납니다. 그러니 여러분들도 오늘 밤은 진탕 마시고 내일은 반드시 떠나야 하오!"

그랬소. 연개소문만 처치하고 오라! 그러면 후한 상금이 너희들을 기다리고 있을 것이다. 그거였던 거요.

그들이 지하요새를 빠져나갈 무렵, 사당이 있는 산마루에는 방립 쓴 도사가 계속 무엇인가를 찾고 있었습니다. 분명히 사당

바로 앞에서 두 대의 마차를 놓쳤었는데, 사당 안이 텅 비어있을 뿐이었거든요.

굽이굽이 계곡을 흐르는 개울물이 하늘의 달을 띄우고 흘러간다 싶었을 때에 별안간 올빼미 한 마리가 푸드득! 날아올라 저 멀리 사라졌소. 그쪽을 바라만 보던 도사가 벌떡 자리에서 일어났습니다.

저 아래 비탈길에서 포장마차가 미끄러지듯 굴러가고 있는 것을 발견한 거였죠. 도사는 부리나케 달려서 마차가 달리던 계곡 산길에 도착했는데, 그런데 누군가 턱하니 앞을 막았습니다. 장창을 비껴든 우람한 체격의 사내.

"너는 어찌해서 마차의 뒤를 쫓는가!"

가슴을 쩍 펼쳐 보이며 위압적으로 소리치는 사내.

"갈 길이 바쁘다! 어서 비키지 못할까!"

방립 쓴 도사의 호통소리도 만만찮았습니다.

"무엇이? 네놈의 숨통을 끊어주마!"

사내의 장창이 휙! 휙! 번개처럼 춤추었지만, 하지만 더더욱 빠른 도사의 허리칼이 순식간에 사내의 급소를 푹!

"으윽!"

이윽고 사내에게서 칼을 빼낸 도사는 풀포기에다 피를 닦은 다음 허리에 찼습니다. 그리고 핑하니 달려갔는데요, 잠시 후, 그의 시야에 마차의 모습이 가물거렸을 뿐이라, 도사는 하는 수 없이 돌아서며 혼자 중얼거렸습니다.

"허허 참, 음모에 걸려들 수밖엔 도리가 없겠군."

연개소문과 공하란의 혼사는 두 집안사람들이 지켜보는 가운데 성대히 치러졌습니다. 그리고 화려한 신방이 차려지고 화촉이 밝혀지고, 신랑신부가 마주앉았습니다.

"참으로 오랜만이오. 자아, 이제 고개를 들어보오."

신랑의 숨결을 따라 일렁이는 촛불을 향해 신부가 말없이 고개를 들었습니다.

"흡, 그대는……?"

화들짝 놀라는 신랑을 따라 신부도 놀랐습니다.

"하란이인 줄 아셨소이까?"

한참을 서로 바라보다가 신부가 먼저 입을 열었는데, 하이고, 세상에 이런 일이! 공 대인의 큰딸 수련이었습니다요.

"어찌 된 일이오? 하란 낭자는 어디 가고, 어떻게?"

자기도 모르게 몸을 일으킨 신랑이 부르르 몸을 떨었습니다.

"서방님!"

애절한 눈길로 연개소문의 옷자락을 잡은 수련.

"소녀, 아무 것도 모르옵니다. 그저, 연 대인께서 소녀를 자부로 삼으신다는 친서를 보내셨다고, 그래서 온 것뿐이옵니다."

'중대한 착오! 아아, 셋째 딸이라고 명시하지 않으셨구나. 이일을, 아아, 이 일을…….'

그는 힘없이 주저앉으며 수련의 어깨를 흔들었습니다.

"그대의 아우……. 하란 낭자는 지금 어디 있소? 온 가족이 평양으로 이사를 왔으니 지금 집에 있는 거요?"

뜻밖에, 수련이 머리를 살래살래 흔들었소.

"달포 전쯤, 유모랑 함께 어디로 사라졌사옵니다."

"무슨 소리요? 왜 사라졌단 말이오?"

"그 이상도 그 이하도 모르는 일이오라."

연개소문은 가슴이 철렁 내려앉았습니다. 분명 하란과 혼례를 올린 줄 알았는데 하란의 큰언니라니! 하지만 당사자가 없는 마당에 돌이킬 수도 없는 노릇. 그는 재빨리 결정했습니다.

"잘 알았소. 자초지종은 나중에 밝혀지겠지만, 어쩔 수 없지요. 그러나 처형! 나는 첫날밤부터 처형과 한 이불 속에서 잠을 잘 수는 없소. 아니, 앞으로도 내내 그럴 것이오."

"서방님, 소녀 첫날밤부터 소박을 맞아야 하나요?"

"절대로!"

수련이 눈물을 흘리자, 개소문은 머리를 세차게 흔들었습니다.

"아니오. 소박이라니! 그대는 어디까지나 나의 처형이기 때문이오. 서러워 마시오. 나의 아내. 도대체 무슨 까닭으로 집을 나갔다는 것인지 알 순 없지만, 필시 깊은 사연이 있을 듯싶소. 처형! 혹여 나의 아내가 돌아왔을 때 들어앉을 자리가 있어야 할 것 아니겠소? 나는 단지, 아내를 기다리겠다는 것뿐이오. 단단히 약속한 것이었고, 나는 그 약속을 지키기 위해 혼사를 서둘렀던 것인데, 유감이구려. 하지만 이 일은 절대로 양가 부모님들은 몰라야 하오. 안 그래도 10년 만에 나타나서 또 다시 먼 타국으로 떠나게 된 불효가 막중한데, 여기에다 내가 아내로 원한 사람은 처형이 아니라 처형의 아우였다는 사실을 새삼 아시게 하면 안 된다는 말이오. 당신들의 며느리, 사위가 뒤바뀐 것을 아시면 그 얼마나 상심하시겠소? 마침 며칠 후에 돌궐로 떠나게 되어있으니, 처형과는 정 붙일 새도 없겠구려. 오히려 잘된 일이오."

그래도 한 이불에 누운 두 사람. 그러나 연개소문은 수련에게 손가락 하나 까딱하질 않았습니다. 내내 하란의 환영을 쫓다가 깜박 잠이 들어서, 요행히 꿈속에서나마 하란을 품고 뒹굴었을 뿐.

꿈같아야 마땅할 신혼의 낮과 밤이 무자비하게 흘러가고, 드디어 신랑이 돌궐로 떠날 날이 사흘 앞으로 다가왔습니다. 만약 연개소문이 돌궐에서 돌아오지 못할 경우, 늙은 연태조의 뒤를 이어 서부총관부를 상속할 혈통이 끊기는 셈. 서부총관부가 폐문의 위기에 처하게 됨은 불 보듯 빤한 이치였습니다. 연태조에게 동조하여 북공책을 주장하던 조신들은 당연히 기를 펴지 못할 것이었으며, 동시에 대당화친파가 득세하여 큰소리를 치게 될 것이 자명하였지요.

무엇보다도 자신이 떠난 후의 집안 일이 불안하였던 개소문은 곰곰이 궁리하던 끝에 사랑채로 아버지 연태조를 찾아갔는데, 마침 연태조는 문덕도사와 담소 중이었소.

"개소문아, 잘 왔다. 거기 앉거라. 마침 네 얘기를 하고 있는 참이었느니라."

"예."

"너는 이제 대고구려의 사신으로 돌궐을 방문하게 되었구나. 이 애비 생각으로는 그렇다. 나라의 사신답게 그 절차를 제대로 밟고 싶다. 백 명쯤 시종들을 거느리고 떠나는 게 어떻겠느냐?"

'번연히 눈을 뜨고도 아내가 바뀌었습니다. 이 판에 그 많은 사람들을? 싫사옵니다.'

잠시 후 연개소문은 부친과 스승을 번갈아보았습니다.

"아버님, 소자의 이번 길은……. 물론 나라의 사신으로 가는 길이긴 하오나, 지금이 비상시국 아닙니까? 그런 만큼 관례적인 사신의 절차를 밟는다면 오히려 소자가 활동하기 불편할 것이라 여겨집니다. 소자는 바우만을 데리고 떠날까 합니다."

"대감, 이 늙은이의 뜻도 개소문과 같소이다. 그냥 단출한 채비를 하여 보내는 편이 훨씬 좋을 듯도 합니다."

문덕도사는 연개소문의 속을 충분히 알고 있었지요. 개소문과 사랑을 속삭이던 아이는 분명 공 대인의 막내딸이었는데 막상 혼사를 치른 아이는 큰딸이었다는 것도, 더구나 문덕도사는 하란이 왜 어디로 사라졌는지를 너무나 잘 알고 있었답니다.

"아버님, 염려 놓으십시오. 종자들이 많으면 소자의 신경이 그만큼 더 쓰이게 될 거고, 되려 위험하기도 할 겁니다."

"어허!"

연태조는 그만 입을 다물어버렸습니다.

"그보다 아버님, 연로하신 아버님만 계시오니 소자의 심정 불안하기 그지없습니다."

"개소문아, 굳이 말하지 않아도 내가 잘 알고 있느니라. 네가 무사히 다녀올 때까지 이 노부가 대감을 모시고 있을 터이다. 너는 집안일을 과히 걱정 말고 무사히 다녀오기만을 바란다."

"사부님!"

제자의 눈에 눈물이 그렁그렁하였습니다.

이튿날, 연개소문은 구제궁으로 들어가 국서와 사신에게 내리는 국왕의 하사품을 받아 돌아왔는데요. 집에 당도하자마자 일시에 피로감이 몰려와서 작은사랑에서 한숨 잠을 자고 일어나 저녁 식사를 끝낸 후, 그는 무심히 내실 방문을 열었습니다. 그런데, 아내, 아니 처형 수련이 소리를 죽여 울고 있는 것이었습니다.

"미안하오……."

재빨리 눈물을 닦는 수련의 어깨를 그러쥐고, 연개소문이 다정하게 속삭였습니다.

"염려 마오. 처형, 내 속히 다녀오리다. 그동안 늙으신 부모님을 잘 부탁하오."

그녀는 터져 나오려는 울음을 꿀꺽 삼키며 아우의 지아비를 바라보았습니다.

"제부님, 꼭 드려야 할 말이 있사온데…."

그래놓고 그녀는 머리를 살래살래 흔들었습니다.

"아니옵니다. 부디 귀체 보중하십시오."

"고맙소. 헌데, 꼭 할 말이 무언지, 지금 말해주지 않겠소? 궁금해서 못 견디겠소."

"제부님!"

그녀는 와락 제부의 품에 안기고 싶은 마음을 꾹꾹 누르며 하염없이 울기만 했습니다. 연개소문은 도대체 할 말이 무언지 궁금하였지만 굳이 듣지 않아도 알 것 같았습니다. 결혼이라고 하긴 했는데 아내가 아니라 처형으로서의 예우를 받고 있는 신세였으니까요. 그랬소. 이루 말할 수 없이 서운해서, 그래서 더더욱 그 어떤 비밀에 대하여 입을 열 수가 없었다오. 그 어떤 비밀……. 그것은 동생 하란이 행방불명된 이유에 대한 것이었고, 만약 그것을 발설한다면 모든 게 뒤죽박죽 되어버린다는 걸 그녀는 너무나 잘 알고 있었습니다. 그러나 그런저런 사유와는 무관하게, 갑자기 솟아오르는 그리움 때문에, 아니 사랑 때문에, 수련은 활활 불타오를 것만 같았습니다. 연개소문을 바라보는 그녀의 눈동자에 불이 이글거리고 있었지요.

'하지만 서방님을 사랑해요, 사랑합니다. 사랑합니다…….'

그 순간, 연개소문은 깜짝 놀랐습니다. 그녀의 얼굴이 흡사 하란의 얼굴로 보였으니까요.

"아아 하란……."

하란, 아니 수련의 몸이 휘청 개소문의 품에 안겨들었습니다.

"미안하오……."

자기최면. 그랬죠. 연개소문은 수련을 하란으로 인식되게 하는 최면술을 자기 자신에게 걸은 거였고, 그 주문은 이미 내실을 열 때부터 작동되고 있었던 거죠. 하기는, 십년 만에 돌아온 아들이 또 다시 머나먼 타국으로 떠나면서 부모님께 가짜 며느리를 안겨 드리고 간다는 일은 천하에 몹쓸 짓이기도 했고, 무엇보다도 어차피 결혼식을 올린 사이라는 것이 그 어떤 장막을 거둬간 판이었거든요.

"사람이 바뀐 게 너무 놀라워 그랬던 거요. 부인…."

더더욱 으스러지게 아내를 품고 잠든 연개소문.

깨어나 보니 벌써 동창이 훤히 밝아있었고, 아내는 이미 일어나 머리맡에 앉아서 그가 깰 때까지 기다리고 있다가, 그가 눈을 뜨자마자 방긋 웃음을 보내며 고개를 숙였습니다. 방긋이 웃음 스민 얼굴이 무척이나 화사하였죠.

"두고두고 보고 싶을 거요."

빙그레 웃으며 아내의 얼굴을 들고 들여다봤더니, 참으로 이상했습니다. 첫날밤엔 하란이 아니라고 투정을 부렸었는데, 이제 보니 정말로 아내의 얼굴이 바로 하란의 얼굴인 거였습니다. 희유우~ 남녀 사이란 뭐, 다 그런 거지 뭐, 다 그런 거 아니겠소?

"소첩, 서방님의 무운장구를 빌겠어요. 부디 무사히 돌아오시어요."

그러며 연신 생글생글 웃고 있는, 어린 티가 나는 아내에게서 기품마저 우러남을 알고 은근히 마음을 놓으며, 그는 천천히 일어나 방문을 나섰고, 그로부터는 무척 바쁜 시간을 보냈습니다.

사랑채에 건너가 부친 연태조와 스승 문덕도사께 작별인사를 드렸고, 그리고 손님들과도 일일이 인사를 나누느라 얼이 빠질 지경이었죠.

"서방님, 채비를 마쳤사옵니다."

바우가 두 필의 말을 끌고 나왔습니다. 사람들이 대문 밖에까지 따라 나와 운집해있는 사이를 통과하여 대문을 나서며 뒤돌아보았더니 수련이 수건으로 눈물을 닦고 있었지요. 눈이 마주치자마자 금세 웃어주는 수련. 그것이 흡사 하란의 웃음이라는 생각에 머릴 흔들며, 그는 대문 밖에서 기다리던 수많은 사람들에게 또다시 인사를 했습니다.

"잘들 있으시오. 나의 앞길은 염려하지들 마시오. 반드시 살아 돌아와 여러분들을 다시 만나겠소."

그리고 연개소문은 채찍을 높이 휘둘러 말의 엉덩이를 때렸습니다.

음모에 걸려들기

연개소문과 바우 두 사내는 북으로, 북으로, 말을 달리고 있었소. 때로는 황량한 벌판을, 때로는 원시림이 하늘을 뒤덮은 산길을, 때로는 험한 물길을 가로질러서 쉴 새 없이 달렸소.

이미 천문과 지리에 능통해있었던 연개소문이라 아무리 북녘으로 가는 길이지만 거리낄 것이 없었소.

어느덧 길 떠나고 열흘이 지나 물빛이 오리 머리빛깔을 닮아 압수(鴨水)라고 한다는 압록강을 건너서, 안원부와 남해부 해성 땅을 지나고 회원부26) 근방 철령27)을 거쳐 부여 상경(上京)에 이르렀습니다. 그 옛날 단군성조께서 나라를 세우시고 그 자손들이 살던 부여의 역사가 아련한 환상으로 펼쳐지자, 연개소문의 가슴은 사뭇 울렁거렸지요.

북국에도 이미 여름이 한창이어서, 돌이켜보니 마치 무더위를 등에 지고 북녘으로 날아든 철새 같은 기분이 들었는데요, 어쨌건 계속 말을 몰아 돌궐 입구 중립지대 백평산 남쪽 대거리 마을을 향해 길을 재촉했습니다.

대거리 마을은 고구려 · 돌궐 · ·당나라 · 거란 등 여러 나라의 중립지대였는데요, 작은 마을이긴 해도 여러 나라 사람들이 잘 어우러져 사는 국경마을이기도 했다오. 뿐만 아니라 돌궐로 향하는 유일한 길목이었기 때문에 늘 외래 손님들이 끊임없이 드나드는 곳이기도 했고요. 또 한편 당나라 북변과 인접해있으면서 고구려의 서남쪽인 요서의 고죽28)으로 달리는 큰 도로가 있기도 했답니다. 그래서 고구려·당나라 또는 돌궐·거란 등 여러 민족의 각축장. 무정부 지대라고나 할까요. 30여리 북쪽에서는 대흥안령의 험준한 산들이 높이 솟아있었는데요, 고구려 마지막 방어선이기도 한 백평산을 넘어야만 비로소 돌궐 땅. 그 옛날 부여시대에는 부여 상경의 성주가 관활했다고 그래요. 그땐 이 산에 성이 있었으나, 어쩌다보니 이젠 수목 울창한 심심산중으로 변해버렸고, 따라서 맹수와 도적떼가 들끓었기 때문에 이 산을 넘으려면 반드시 무리를 지어야 했는데, 산을 넘을 인원이 차지 않으면 며칠이고 주막에서 묵으며 동행자를 기다리는 것이 상례처럼 되어왔답니다. 바로 그래서 이 험준한 산의 남녘 대거리 초입에는 주막들이 즐비하게 들어서게 되었는데요. 그 주막들 중에 가장 큰 객관이 <계명관>으로써, 고구려·당·돌궐 등 세 나라 사람들이 합동으로 경영했지요. 그랬죠. 각 나라 관원들이나 사절들이 이 지방을 지나게 되면 십중팔구 계명관에서 묵어 갔던 거죠.

"바우야, 적당한 객주집을 알아보고 오너라."

해는 이미 서산마루에 걸려서 연개소문은 시원한 나무 그늘에서 땀을 식히며 바우에게 분부했습니다. 옙! 하고 바우가 마을로 뛰어 내려갔다 오더니 "동네 어귀 객주 집에 아담한 방이 하나 있답니다."라고 보고했습니다.

객주집 방들은 과연 아담하고 정갈했습니다.

"오늘은 여기서 쉬어가기로 하자."

연개소문은 주인을 불러 방을 지정받은 뒤에 여장을 풀자마자 벌렁 방바닥에 드러누웠습니다. 그리고 이 생각 저 생각을 하다가 불현 듯이 몸을 일으켰지요. 집에서 떠나올 때 스승이 건네준 보따리가 생각난 것이었는데, 진작 펴 보고 싶었지만 참고 있는 중이었지요. 반드시 중립지대에 도착하면 끌러보라는 스승의 당부 때문이었습니다.

저녁상을 물리고 조심조심 보따리를 풀어보니 웬 두루마리가 들어있어서, 등잔불의 심지를 올리고 읽기 시작했습니다.

「개소문 보아라. 당나라 사신 이대룡과 친위군 총관 소익환은 순전히 북공책을 저지하기 위해 너를 돌궐로 보낸 것이다. 그들은 당나라 무관 보개라는 자와 만물상 주인 이가와 더불어 너를 없애려고 공모하였다. 보개라는 자가 장정들을 이끌고 너보다 먼저 중립지대인 대거리 계명관에 가서 너를 기다릴 것이다. 너는 계명관을 피하지 말고 유숙하되, 그들이 주는 음식을 주의하여라. 보개는 객주집 당나라 주인과 내통할 것이 빤하다. 네가 먹을 음식에 독을 타거나 네가 잘 때 죽이려 들 것이 분명하다. 그리 알고 주의를 게을리하지 마라. 그리고 자객들의 인상착의는 바우가 잘 알고 있을 것이다. 주는 음식은 먹되, 진실로 먹지는 말 것이며, 잠은 자되, 진실로 잠들지는 말라. 이를 명심하라」

마치 눈으로 본 것마냥 상세하게 적은 예측. 연개소문은 스승의 깊은 사랑에 눈시울이 뜨거워졌습니다. 그러나 문득 두루마리를 다리 밑에다 감추곤 별안간 언성을 높였지요.

"이놈 바우야!"

후닥닥 몸을 일으킨 바우가 제풀에 목을 움츠리더니, "하이고, 소인이 뭘 잘못 했는갑쇼?"하고 멀뚱히 상전을 쳐다보는 거였죠.

"잘못 했지 그럼! 네 양심에 손을 얹고 생각해봐라 이놈!"

"아이고, 서방님, 대체 왜 그러십니까요?"

"너는 나를 죽이려는 놈들의 낯짝을 잘 알렸다!"

연개소문의 목소리에서 짐짓 분노의 감정이 묻어나서 바우는 목을 잔뜩 움츠리고는 아주 작은 소리로 고했습니다.

"예, 서방님. 알고말고요!"

"그런데, 왜 알면서도 말을 안 했더냐?"

"하이고 서방님, 죽여줍시오!"

후들들 떨리는 목소리로 더듬더듬 이실직고하는 바우.

"서, 서방님 성품이 너, 너무, 엄청 급하셔서, 자, 자칫, 이, 일을 그르칠 수 있다고. 중립지대에 도, 도착하기 전까진 저, 절대로 비, 비밀이라고, 사, 사부님이 엄명을……."

"그건 나도 알아. 아무튼 엄명이라고 하니 할 말이 없고, 그럼 또 묻겠다."

안색이 허옇게 변한 채, 바우는 입술에 침을 묻혔습니다.

"무슨? 이 서찰 말고 다른 걸 물으시려는 거옵니까?"

"내가 무엇을 물을지, 너는 이미 짐작하는 게로구나?"

바우가 그게 뭘까 하고서 눈을 끔쩍거렸습니다.

"필시 사부님은 알고 계실 터! 사부님이 또 다른 말씀은 없으시더냐? 너에게 입 걸어 잠그라고 한 다른 이야기 말이니라."

"예에? 뚱딴지처럼, 무슨 그런?"

"너는 그 사람을 보았지? 치악산 고갯마루에서 말이다."

"그 사람이 누군뎁쇼?"

"허어이! 내 지게 위에 앉았던 그 사람 말이니라."

그제야 눈이 휘둥그레진 바우가 푹 한숨을 토했습니다.

"보았지요. 와아, 꽃처럼 예쁘더이다. 그런데 서방님, 이제는 어엿이 안방마님으로 모셔다 놨는데, 뭘 그러십니까요? 하기야, 혼례식을 마치자마자 떠나오신 처지이니……."

"허허허, 그 사람이 이 사람이라? 아이고 할 말이 없다."

묵묵히 침묵을 지키던 개소문이 다시 바우를 집적이기 시작했소.

"그래, 너는 놈들의 얼굴을 어떻게 알게 되었더냐?"

한결 누그러진 상전의 목소리에 바우는 숨을 고르잡았지요.

"출발하기 며칠 전, 사부님께서 심부름을 시키셨어요."

그간의 자초지종을 술술 불어내는 바우.

"나를 죽이려고 자객들이 떴고 그들의 신상을 네가 알고 있다? 잘 알겠느니라. 그러면 이 두루마리를 깨끗이 태우고 오렷다!"

"예에? 아까운데……."

"허허허, 네놈이 말을 못 알아듣는구나? 어서 이걸 태우고 오렷다! 너나 나나 이제부턴 두루마리고 서찰이고 아무것도 못 봤고 모르느니라. 알겠느냐?"

"아 예에~"

바우가 두루마리의 흔적을 깨끗이 없애고 들어왔습니다.

"이제 그만 자거라. 내일은⋯⋯."

"계명관엘 가는 거읍죠?"

"그래. 나를 죽이려는 덫 속에 빠져들어 주는 거야."

"거미줄에 걸려드는 건 아니고요?"

"여하튼! 내일 아침엔 하루치를 다 챙겨먹고 떠나자꾸나."

"히익?"

계명관 안채엔 이미 고구려에서 온 장정들이 열대여섯 명 나
흘 전부터 묵고 있었는데요, 차림새로 보아 관원도 아니고 장사
치도 아니었죠. 그런데 통솔자가 '보개'라고 하는 당나라 군인이
었는데요. 그는 당나라 사신 이대룡의 사주를 받았고, 그의 아우
이소룡의 안내로 지하요새에서 15명의 장정을 인계받았던 것이
지요. 바로, 연개소문이 평양성을 떠나기 3일 전에 먼저 떠난 자
객들이었습니다. 자객들은 평양성을 떠나 회원부를 거쳐 요수[29)]
상류인 백평산 남녘의 대거리 마을에 도착하던 길로 곧바로 이
객관에 스며들었고, 여장을 풀자마자 그대로 쓰러져 실컷 자고
일어났습니다.

해는 벌써 서산에 기울어지고 대륙의 무더운 날씨는 푹푹 찌

는 듯해서, 보개는 웃통을 홀떡 벗어던지고도 팔락팔락 부채질을 하며 객관의 하인을 불렀지요. 잠시 후 열 살 남짓한 사내아이가 달려와 두 손을 모으고 고구려 말로 물었습니다.

"손님, 부르셨습니까?"

"야! 이거 원 더워서 죽겠다 해! 시원한 냉수 한 사발 가져와! 또, 주인 오라고 해!"

보개가 두 눈을 부라리며 꽥 소리 지르자, 소년은 혼자서 뭔 소린지 구시렁거리다가 볼멘소리를 했습니다.

"손님께서는 고구려 말씀이 퍽 서투르신 거 같은데, 어느 나라 분이신가요?"

일순 당황했던 보개, 금세 표정을 고쳐서는

"예끼 놈! 버릇없다! 네 녀석이 뭔 상관이야!"

"아이고, 그게 아니라요. 주인은 고구려, 당나라, 돌궐, 이렇게 세 분이 계신데, 어느 주인을 찾으시는가 그 말씀입니다요."

"뭐야?"

보개는 깜박 잃어버렸던 말을 다시 찾아냈습니다.

"그럼, 당나라 주인을 좀 오라고 해."

"아, 예에~"

소년이 대답을 길게 뽑고는 꾸벅꾸벅 머리를 조아리며 돌아간 후, 하이고, 이 무더위에 청색 당나라 비단옷에다 팔찌까지 껴서

두 손을 완전히 감춰버린, 깡마른 노인이 나타났습니다요. 코밑에 수염을 쥐꼬리 같이 길게 늘어뜨린 그 노인을 보자, 그제야 주섬주섬 옷을 걸치고 문턱에 걸터앉은 보개.

"댁이 주인이시오?"

"그렇소이다. 왜 부르셨는지?"

"내 긴히 할 말이 있으니 이리 좀 올라오시오."

문턱에서 물러나 앉은 보개. 걸친 옷을 바로 입으려고 하자 늙은 주인은 팔짱 꼈던 손을 쑥 빼서 휘저으며 성큼 방으로 올라앉는 거였습니다.

"아이고 괜찮아요. 그냥 계십시오."

"나이 많은 주인장 앞에서 실례인 거 같아서요."

"아이고, 원 천만에 말씀! 하실 말씀이나 어서 하시지요."

"하이고, 고맙소이다."

보개는 아예 웃통을 벗어 뚤뚤 말아 쭉 밀쳐놓고는 자기 짐 꾸러미에서 은자를 한 줌 끄집어내어 주인에게 내밀었습니다.

"주인장, 우리 일행이 아마도 4, 5일은 귀관에서 묵어야 할 것 같소이다. 그동안 잘 좀 편의를 봐주시길 바라오."

"아니 손님! 이렇게 많은 은자를……?"

"하하하, 이건 숙박료가 아니오. 그저 용돈으로 드리는 것이니 받아 두시구려."

그제야 주인의 입이 커다랗게 벌어지더니 기다란 쥐꼬리 수염을 살짝살짝 비틀며 은근짜로 다가들었습니다.

"무슨 부탁이신지, 언제든 말씀하시오. 내 모두 들어드리리다."

주인이 연신 머리를 조아리며 나가려하자, 보개는 그제야 본말을 끄집어냈는데요.

"여보 주인장! 사례는 톡톡히 할 테니, 대문 아랫방 하나만 더 빌려주오."

나가려던 주인이 몸을 돌려 보개를 물끄러미 바라보았습니다. 그리고 금방 입꼬리를 올려 실쭉 웃었지요.

"우리 고국 손님의 청탁인데……. 암요, 그 방에 들어있는 손님을 내보내고서라도 손님께 빌려드려야죠."

그 방이 비어있다는 것을 번히 알면서도 주인은 그리 생색을 냈고, 그쯤이야 이미 짐작하고 있던 보개는 재빨리 빠릿빠릿하게 생겨먹은 세 명의 장정을 골랐습니다.

"너희들은 저 대문 아랫방으로 옮겨가서 망을 보아라. 연개소문이 언제 나타나는지 눈 부릅뜨고 살피란 말이다. 알겠느냐?"

"예! 염려 놓으십시오!"

다음날 일찍 잠을 깬 보개는 급히 졸개 둘을 불렀습니다.

"너희들은 이 마을 초입에 있는 주막에 가서 대기하라. 거기서 죽치고 있다가, 연개소문 일행이 나타나거든 지체 없이 와서 알려야 하느니라. 알겠느냐?"

"그럼요. 여부가 있겠습니까요."

보개는 얼굴 가득히 회심의 미소를 지었습니다.

'제아무리 날고뛰고 숏구치는 놈이래도 내 손안에 들어왔다 하면 끝장인 거다.'

보개는 원래 무예가 뛰어난 자로써 한때는 병략가 이정(李靖) 장군을 따라 종군한 경력의 소유자. 수나라 당시부터 간첩활동을 해왔으며, 백제와 신라 사람들을 꼬드겨 고구려에 투입시키고는 온갖 흉계를 꾸며온 장본인. 사신 이대룡을 돕기 위해 당나라에서부터 비밀리에 파견되었으며 이대룡을 도와 고구려의 북공책을 저지하는데 그 일익을 담당해왔고, 그리고 마지막 임무로써 연개소문 암살에 나선 것이지요.

4일째 되던 날 오후,

저녁노을이 하늘을 붉게 물들이고 있을 때쯤. 마을 어귀에 가 있던 졸개 중 하나가 헐레벌떡 뛰어왔습니다.

"옵니다. 와요!"

"오다니? 뭐가? 그놈이? 똑 바로 말해!"

보개는 아직도 숨을 헐떡거리는 졸개를 다그쳤습니다.

"아이쿠, 우리 손에 죽을 그놈 말입니다!"

"연개소문? 그래, 몇 명이더냐?"

"단 두 놈입니다요!"

"뭐라고? 장난하고 있어? 바른대로 말해!"

보개가 얼른 밖으로 나가보니 과연, 붉디붉은 저녁놀을 등지고서 단 두 필의 말이 이쪽으로 달려오는 거였습니다.

"저것이야?"

"예! 맞습니다!"

"그래? 아우~ 힘 빠진다. 수십 명의 종자를 거느리고 오는 줄 알았더니…. 하여간! 너는 얼른 들어가서 동지들에게 만반의 태세를 갖추라고 일러라."

졸개가 부랴부랴 자리를 뜨자마자, 보개는 객관에서 커다란 방갓을 하나 얻어 썼고, 그리고 객관을 빠져나가 멀찌감치 서서 연개소문의 동태를 살피기 시작했답니다.

한편 둘이서 각자 3인분씩의 식사를 시켜먹은 개소문과 바우는 부랴부랴 행장을 수습하여 말에 올랐고, 경쾌하게 달렸습니다. 부지런히 달렸어도 대거리에 이르렀을 땐 벌써 땅거미가 지는 저녁녘. 계명관 부근의 큰 고목 아래에 말을 세운 연개소문은 마침 지나가는 한 노인을 불러 세웠습니다.

"노인장! 길 좀 물읍시다. 여기 계명관이 어디요?"

그러나 노인은 눈만 끔벅끔벅할 뿐이었죠.

"아, 당나라 사람?"

연개소문이 곧 당나라 말로 물었더니 그제야 노인이 고개를 끄덕이고서 바로 근처 객주집을 가리키는 거였습니다. 감사하다는 인사를 하고선 연개소문은 그만 웃음을 터뜨렸습니다요.

"하하하! 계명관 앞에서 계명관을 물어?"

하기는 자객의 무리가 지켜보고 있다면 연개소문이 계명관에 들어간다는 것을 확실히 보여주자, 하는 것이 그의 작전이기도 했으니까요. 그래서 배꼽 빠지게 웃어대는 동안, 바우는 이미 계명관 앞으로 가서 주인을 부르고 있었습니다.

"이리 오너라아!"

계명관의 하인이 달려 나와 허리를 굽실거렸습니다.

"손님! 어서 오십시오. 먼 길에 피곤하시겠습니다."

"이 집에서 가장 좋은 방으로 안내하렴."

두 사람이 말에서 내리자마자 하인이 두 필의 말을 끌고 마구간으로 가고, 보개 일행을 안내했던 그 소년이 쫓아오더니 방으로 안내했습니다. 방은 제법 널찍해서 여러 사람이 동숙해도 좋을만했는데, 벽에는 산수화 족자가, 문 위에는 제법 시를 새긴 현판까지 걸려있었지요. 아무튼 방에 들자마자 장창을 구석빼기에 세우고 대궁과 쌍전 등은 바닥에 풀어놓은 연개소문. 별안간 떠들썩하게 기지개를 켜기 시작했지요.

"아하암! 피곤하다. 애, 바우야. 난 피곤해서 잠 좀 자야겠다. 이따가 날 좀 깨워다오!"

필요 이상으로 크게 떠들어대며 금세 드르렁, 드르렁, 코를 골기 시작하는 상전을 혼자 두고서, 싱긋한 웃음을 빼문 채 밖으로 나간 바우. 그는 이 방 저 방 샅샅이 돌아가며 동태를 살피는 한편 객관의 구조며 주변 골목길까지 세세히 눈에 넣기 시작했답니다. 객관은 바깥채와 안채, 뒤채 등으로 이루어졌고 각 채마다 야트막한 담이 둘러쳐져 있어 서로 차단되어 있다는 것을 알 수 있었는데, 안채만은 양 옆에 바깥으로 드나드는 출입문이 있고 뒤채에는 바깥으로 출입할 수 있는 별도의 문이 없는 것이, 안채를 통해서만 대문으로 나가도록 되어있다는 걸 알 수 있었답니다. 그뿐 아니라 안채와 바깥채의 동정을 꼼꼼하게 살피다보니 자객들은 대부분 안채를 점령하고 있다는 것과, 오직 3명만이 바깥채 대문 안에 들어있다는 것까지도 알아냈는데, 허파에 바람 빠지는 소리라도 날 것이, 자객들은 모두 연개소문이나 마찬가지로 자는 척하고 있었던 겁니다요. 구태여 비교분석하자면, 연개소문은 코를 드르렁거리는 반면, 그들은 끽소리 없이 눈만 감고 있다는 점이 달랐죠.

한참 만에 방으로 돌아온 바우가 연개소문의 귀에 대고 무슨 말인가를 속닥거리자, 연개소문이 빙그레 웃었습니다.

객관의 밤이 슬금슬금 무더위를 집어삼키며 밀려들고 있을 때, 뜬금없이 두런거리는 소리가 들리더니 하인들이 유별나게 잘 차린 저녁상을 들고 왔는데, 상에는 뜻하지 않은 진수성찬에다 향기 진한 고량주까지 놓여있었지요. 바우가 뚫어져라 술병을 바라보며 군침을 꿀꺽 삼키자, 그러자 연개소문은 연신 헛기침을 하면서 큰 소리로 뇌까렸습니다.

"어~ 그 술 한번 먹음직하구나. 술아, 너 본지가 오래다. 도대체 이게 얼마만이냐? 바우야! 한잔 쭈욱 마셔볼까?"

말을 마치자마자, 그는 술잔에다 술을 가득 부어놓고 잔을 높이 들어 유쾌하게 말했습니다.

"자, 바우야 한 잔 쭉 들자꾸나!"

상전의 하는 양을 멀거니 바라보며 꿀꺽 침만 삼키고 있던 바우는 두 눈이 휘둥그레지며 나직하게 말했습니다.

"서방님! 참말입니까요? 참말로 이 술을 드실라고요?"

괜스레 바우를 쏘아보던 연개소문, 별안간 "하하하!" 너털웃음을 터뜨리더니 "그 술맛 참 일품이로구나!" 하고는 입으로 가져가던 술잔을 냉큼 마루 위에다 부어버렸습니다요. 상전의 뜻을 재빨리 알아차린 바우도 "그러게요. 장군님, 이 술이 향기도 그저 그만입니다요. 으하하하! 조오— 타!" 그러고 상전처럼 소리 내어 웃으며 술을 뿌려버리고, 또다시 술을 잔 가득 부어놓은 연개소문은 주섬주섬 이 안주 저 안주를 집어 접시에 담아서는 부지런히 마루 밑 깊숙이 던져 넣고, 그 경황 중에 안채 중문 뒤에서 뒤채를 향해 귀를 기울이고 있던 검은 그림자가 소리 없이 히죽거리더니 잽싼 걸음으로 안채 깊숙이 사라졌는데, 그것을 실눈 뜨고 주시하던 연개소문이 고개를 끄덕끄덕. 그러고 앞에 놓인 술잔을 들어 휘익! 마당에다 뿌리면서 중얼거렸지요.

"에잇! 이 중립지대에 서식하는 잡귀들아! 너희들도 한 잔씩 하고 썩 물러가거라! 오늘밤엔 나 연개소문이 이쪽도 아니고 저쪽도 아닌 어중찌기 놈들을 모조리 잡아 생으로 제사를 지낼 테니, 흐흐흐, 구경이나 하렷다. 하하하! 아하하핫!"

"아니 서방님! 죽느냐 사느냐 하는 마당에 무슨 푸닥거리까지 다 하십니까요? 장난이 심하십니다요."

바우가 낮게 지분거렸습니다.

"네 어찌 이를 장난이라 하느냐? 못 먹는 진수성찬은 제사상과 같으니라. 하하하하!"

"하긴 그렇사옵니다."

그제야 바우도 배꼽을 싸쥐고 킬킬댔다오.

"자아! 이만하면 충분히 먹었으니, 그만 상을 물리자."

"옙!"

바우는 재빨리 몸을 일으키곤 상 위의 그릇들을 너저분하게 흩어놓는 한편 음식들은 조금씩 덜어 보자기에 싸서 마루 밑 깊숙이 던져 넣었습니다. 흐흐흐, 누가 보더라도 실컷 먹다 남은 것인 양, 음식 그릇들이 상 위에 어지럽게 널브러졌습니다.

"여봐라! 여기 상을 내 가라!"

바우가 마무리의 일갈을 하자, 연개소문은 싱긋이 웃으며 누울 자리를 보았습니다.

"알아서 가져가겠지. 이제 그만 자자꾸나. 내가 말한 거 명심했지? 그대로 시행할 것이니라. 알겠느냐?"

"아무렴 그래야지요, 서방님! 염려마십쇼."

조심조심 발짝 소리 다가오는 기척을 느끼자, 두 사람은 깊은 잠에 곯아떨어진 척 연해연방 코를 드르렁거렸는데요, 하인들이 상을 치우려고 방을 들여다보니 아히유, 난장판도 그런 난장판이 없었습니다요. 먹다 남은 안주 찌꺼기, 뒹굴고 있는 빈 술병, 흩어진 술잔, 그래놓곤 두 다리를 쭉 뻗치고 곯아떨어진 두 사람. 하이고, 술에 취하고 음식에 취해서 웃통까지 벗어던진 채 쓰러져 있는 모양새가 틀림없었다오.

"손님들! 벌써 주무십니까?"

하인이 큰 소리로 물었으나, 두 손님은 몸을 약간 꿈틀하는 것 같더니 아무소리가 없었습니다.

"에~ 취한다. 어서 불이나 꺼! 끄라고!"

한참 뒤 한 손님이 무슨 잠꼬대처럼 혀 꼬부라진 소리를 했지요.

"아 예에~"

굽실굽실하면서 두 사람에게 얇은 여름이불을 던져주고는 지체 없이 등잔불을 끈 후에 뒤죽박죽 어지러운 저녁상을 맞들고 나가는 두 하인.

"아니 저 손님들은 골격은 장군감들인데 말이야, 그까짓 술 한 되를 나눠 마시고 저렇게 곯아떨어져?"

"참 이상해! 어떻게 저렇게 정신을 못 차리고 훌떡 벗어던진 채 뒹굴고 있을까? 참나!"

"하긴, 말 달리는 게 되게 힘들다고는 하더구먼."

"아무리 힘들다고 그래, 술에 약이라도 탄 것 마냥…."

"맞아. 누가 보면 딱 그리 오해하겠구먼."

그렇게 고개를 갸우뚱거리며 주거니 받거니 말이 많은 두 하인.

"애들아, 이리 오너라."

안채에 앉아 초조하게 기다리고 있던 보개였죠. 그는 상 위를 쭉 훑어보고는 '휴우~' 한숨을 토했습니다.

"그래, 그 방의 손님들은 지금 어떻게 하고 있더냐?"

"아이쿠, 말씀 마십쇼! 겨우 한 됫박 되는 술을 둘이서 나눠 마시고는 정신없이 뻗어버렸더라고요."

"웃통을 홀떡 벗어던지고는 코를 골면서 말입니다요. 그래서 베 이불을 덮어주고 왔습니다요."

"무어야? 그 사람들이 그렇게 술에 약하더란 말이지?"

"예, 모르는 사람이 보면 술에 약이라도 탔다고 하겠어요."

"흐흐흐, 그렇게 정신없이 뻗었더냐?"

보개는 속으로 쾌재를 불렀습니다.

"옛다! 수고했다."

"아이쿠, 웬 것이옵니까? 감사합니다."

"고맙습니다, 손님!"

한줌씩 은자를 받은 두 하인은 거듭거듭 머리를 조아렸습니다.

"쯧쯧쯧! 그 손님들 참 안됐네."

언제 나왔는지 늙은 당나라 주인이 보개의 옆에서 혀를 끌끌 찼던 거죠.

"거 참, 마음씨 한번 곱상한 주인장이구려! 고양이 쥐 생각 하는 꼴이지만."

그렇게 핀잔을 주고서 보개는 총총히 발걸음을 옮겼습니다.

"자, 모두 잘 들으라. 두 놈 다 황천객이 되었다. 원체 독약을 골고루 섞어놔서 냄새도 없었던 모양인지, 둘 다 먹을 만큼 먹고 자빠진 모양인데, 만에 하나, 약발이 받지 않는 신체가 없다고 할 수도 없다. 너희들은 무장을 단단히 하고 내 지시를 따라주기 바란다. 연개소문인가 하는 저 놈은 원체 독종이라고 한다. 그래서 노파심으로 하는 말인데, 만약에 되살아나는 불상사가 생길 시를 대비하여 정신 바짝 차리도록 하라. 알겠느냐?"

장정들은 제각기 칼·창·손도끼 등의 무기를 들었습니다. 그리고 하나같이 긴장된 얼굴로 두목의 다음 말을 기다리고 있었는데, 잠시 생각에 잠겼던 보개가 불쑥 물었습니다.

"이 가운데 그 방에 가본 자가 있느냐?"

뒤에서 누가 목을 길게 빼고 말했습니다.

"장군님! 바로 조금 전에 판돌이가 보고 왔는뎁쇼."

보개는 반색을 하며 판돌이에게 물었습니다.

"판돌이 네가? 그래, 어쩌고 있더냐?"

"정신없이 곯아 떨어져 있었습니다."

"숨통이 끊어진 건 아니고?"

보개는 눈을 가늘게 뜬 채 입술을 질경질경 씹었습니다. 가슴이 벌렁벌렁 뛰었던 거죠. 죽은 게 아니라 곯아떨어져 있다는 것이 좀 섭섭했지만, 금세 죽으나 좀 이따 죽으나 약을 먹은 것만은 확실하다는 생각이 들었지요. 이제 모든 일이 순풍에 돛단 듯이 되어가고 있는 참. 그는 제법 상전 노릇을 하느라고 헛기침 몇 번을 하고나서 자못 위엄스레 입을 열었습니다.

"십중팔구 숨통이 끊어질 것이다. 만사 우리 뜻대로 되었다. 연개소문의 몸이 약발을 받지 않았더라면 우리가 엄청 힘들 뻔했는데, 하늘이 도우시어 순순히 우리 올가미에 걸려들었다. 일은 너무나 간단하게 끝났고, 이제는 뒤처리만 남았을 뿐이다. 자아, 이 밤만 넘기면 너희들의 앞날에는 부귀영화만 남아 있느니라. 알겠느냐?"

"예에~"

그랬죠. 졸개들은 모두 감격에 벅찬 얼굴로 서로를 얼싸안을 듯 마주보며 대답은 형식적으로 했지요.

"그러면 가자! 절대로, 객관의 다른 손님들이 눈치 채지 못하도록 조용조용 그 방으로 습격해야 한다."

습격이고 잠입이고 간에 그게 그거다, 하고 콧노래를 부르며, 보개는 미리 준비했던 밧줄을 끄집어냈습니다.

"이 밧줄로 두 놈을 꽁꽁 묶도록!"

"장군님! 이미 죽은 놈들을 왜 묶습니까?"

"멍충아! 뭔 잔말이야? 다된 밥에 코 빠뜨릴 일 있나? 죽은 게도 발을 묶으라 했고, 돌다리도 두드려 보고 건너란 말이 있다!"

어느덧 자시가 다가오고 있어서 안채 뒤채 바깥채 객실의 손님들이 모두 잠들어 풀벌레만 정적을 깨며 울었고 달 없는 밤하늘엔 별들만 초롱초롱했는데요, 드디어 졸개들을 이끌고 살금살금 기어서 연개소문이 잠든 방으로 다가간 보개. 방문이 활짝 열려있긴 해도 방 안쪽이 잘 보이지를 않을 만큼 어두웠습니다. 그래도 두 사람의 장정이 흰 이불을 쓰고 누워있는 모습만은 희끄무레하게 보였지요.

"자, 세 번을 헤아리면 한 번에 뛰어들라! 하나! 두울! 셋!"

옴짝달싹못할 정적을 헤적이며 두목의 명령이 떨어지자, 그들의 그림자가 마치 한 몸인 것처럼 한 순간에 몰려들었고 취침 중, 아니 뻗어있는 두 사람을 가리키며 보개가 또 명령을 내렸습니다.

"여봐라, 어서 서둘러라! 빨리 묶으라고!"

누군가가 잽싸게 이불을 젖혔는데, 그래도 기척이 없는 두 사람.

"어, 죽은 모양이네……."

한 졸개 그리 중얼거리자 "여봐라! 불을 켜라!" 하고서 두목이 안심 턱 하고 소리를 높인 바로 그때! 별안간 등 뒤의 문 밖에서 애먼 밤공기를 쥐어짜는 소리가 자배기 깨어지는 소리로 들려왔는데요.

"아하핫! 하하하하핫!"

화들짝 놀란 가슴을 가다듬은 보개, 후딱 뒤돌아보며 큰소리 쳤습니다.

"밖에서 웃는 놈이 누구냐!"

"하하핫! 밖에 계신 분이 바로 연개소문이시다!"

"무, 엇, 이?"

기절초풍 일보직전 모기소리를 내뱉는 보개.

"네 이놈들! 한 놈도 살아남지 못하리라!"

방문을 막아선 연개소문이 지체 없이 장창을 휘두르자

"아이쿠!"

"헉!"

"으악!"

장창이 번쩍일 때마다 비명 또한 밤공기를 찢어발겼고, 자객들 모두가 우왕좌왕 저희끼리 박치기를 하며, 완연 독안에 든 쥐새끼 꼴로 출구를 봉쇄당한 채 픽픽 쓰러졌다오. 그리고 곧이어 쥐 죽은 듯 고요해진 방엔 간간이 목숨 붙어있는 자의 신음소리만 처절하게 울려 퍼졌을 뿐.

"바우야 불 켜라!"

"옙!"하고서 바우가 미리 준비하고 있던 등잔에 불을 켰습니다. 하이고, 방이 미어터지도록 질펀히 쓰러져 있는 자객들. 그중 몇 명은 중상을 입은 채 꿈틀거리고 있었는데, 한 명은 고개를 들고서 가까스로 칼을 빼들더니 연개소문에게 던지려고 겨누는 순간!

"보개요!"

바우의 다급한 외침과 동시에 보개의 칼이 날아서 연개소문의 귀를 스칠 찰나 "에잇!"하고서 연개소문의 장창이 보개의 심장을 꿰뚫어, 이그으~ 바우가 그 장창을 뽑아내자, 좌악! 검붉은 피가 솟구치더니 척척 벽에 붙다가 말고 주르르 흘렀습니다.

"으윽!"

최후의 신음을 남긴 채 고개를 푹 떨어뜨리며 사지를 뻗어버린 보개. 아이고, 바우는 아직 숨이 붙어있는 일당을 일일이 찾아서 차근차근 칼로 찍어버리기 시작했는데요. 에이그, 끔찍해서 원. 이런 걸 꼭 표현해야 하나 갈등 생기지만, 어쨌든 내친걸음이니 중단할 수는 없고.

"바우야! 이제 그만하고 나오너라."

"아이구 서방님. 이런 역적들은 살려둘 필요가 없습니다요. 깨끗이 황천길로 보내줘야만 오히려 적선입죠."

"하기야, 네 말이 옳다. 이런 것들은 살려두면 나라에 해만 될 뿐이다. 아참! 바우야!"

연개소문이 황급히 재촉했습니다.

"냉큼 가서 이 집 주인을 잡아라!"

"앗! 주인 놈이 내통한 거죠, 맞죠?"

재빨리 방문을 걸어 잠근 바우는 부리나케 객관 주인 방으로 달려갔습니다만, 한 발 늦어버렸습니다. 주인 방에서는 주인들 대로 한바탕 소동이 일어난 뒤였는데, 연개소문이 묵고 있는 방에서 큰 소동이 일어나자, 객관 주인들은 그들대로 혼란과 당혹감의 소용돌이에서 아우성치고 있었던 거요.

"이 당나라 늙은 놈아! 우리가 이곳에서 객관을 경영하고 편안하게 지내는 것만도 천행인데 그래, 이놈아! 당나라 자객과 내통하여 음식에다 독을 타다니! 우리까지 죽일 참이었어? 이 늙은 여우야! 너부터 먼저 죽어봐라!"

그들은 살기등등하여 당나라 주인을 윽박질렀습니다.

"아이쿠 여, 여보게들! 내가 눈이 뒤집혔었네! 용서해주게 제발!"

당나라 주인이 사색이 되어 싹싹 빌고 있는 중이었는데, 바로 그때 요란한 싸움소리가 나자, 두 주인은 당나라 주인을 내버려둔 채 안채로 달려갔고, 그 틈에 당나라 주인은 보개에게서 받은 은자와 짐 꾸러미를 집어 들고 뺑소니쳐버린 것이었습니다. 하여간 두 주인이 뒤채에 이르렀을 땐 이미 상황종료 상태로서 흥분하여 달려오는 연개소문과 바우에게 딱 걸렸고, 그래서 두 주인은 황급히 무릎을 꿇고 머리를 조아린 거였다오.

"아이쿠, 장군님! 모든 것이 저희들의 불찰이오니 그저 한 번만 용서해주십시오."

그들은 계속 허리를 굽실거리며 용서를 빌었습니다.

"잘 알겠소. 당신들이야 무슨 죄가 있겠소? 그 당나라 늙은이를 놓친 것이 분하지만…."

"아이고 장군님, 살려주신 은혜, 백골난망이옵니다."

수없이 머리를 조아려대는 객관 주인들을 뒤로 하고, 연개소문과 바우는 다른 객관으로 옮겨 잠시 눈을 붙였다가 다음날 아침 일찍 길을 떠났습니다.

살아날 구멍

여름날 아침햇살이 서서히 백평산 북녘 기슭을 밝혀주고 있었는데요, 계곡의 사이사이마다 당나라 진지가 정연하게 가설되어 있었고, 한 언덕에는 그곳을 바라보고 있는 중년의 장군이 있었습니다. 바로 돌궐 원정군 대총관인 당나라 정양도총관 이정[30]이었죠. 당대 최고의 병략가이며 희대의 명장인 그는 질서정연하게 다듬어진 진영을 내려다보다가 가만히 희끗희끗한 수염을 훑고 있었는데, 저 아래서 시종군관이 달려오더니 숨 돌릴 틈조차도 없이 군례를 올렸습니다.

"장군님께 아뢰오! 백평산 남쪽 계명관의 늙은 주인이 장군님을 급히 뵈옵겠다고 왔사옵니다."

"계명관 주인이라고?"

잠시 생각에 잠겼던 이정이 이윽고 고개를 끄덕였습니다.

"내 군막으로 갈 것이니, 그 자를 장막 안에 대기시켜라."

"옙!"

잽싸게 군례를 올려붙인 군관이 벼룩 튀듯 뛰어 내려간 뒤에 이정은 천천히 군막 쪽으로 발걸음을 옮겼습니다.

　"장군님, 그동안 옥체 대안하시옵니까?"

　이정은 호탕하게 웃었습니다.

　"이거, 오랜만이올시다. 그렇잖아도 요즘 소식이 없기에 궁금하던 차였소. 마침 잘 왔소이다."

　늙은 객관주인에게 자리를 권한 이정은 자신도 교의에 앉아 그를 살폈습니다. 평소의 꼬장꼬장하던 모습과는 달리 유난히 초췌한 얼굴. 입은 옷은 이곳에 오는 동안 몇 번을 굴렀는지 여기저기 흙이 묻고 찢어지는 등 말이 아니었습니다.

　군관이 장막 밖으로 나가자마자 이정은 노인에게 바짝 다가앉았습니다.

　"노인장, 무슨 긴급한 일이라도 생긴 거요?"

　"예에~."

　두 손을 비비적거리던 늙은이가 가까스로 입을 열었습니다.

　"다름이 아니오라, 어젯밤 소인의 객관에서 당나라 군사 16명이 몰살당했습니다."

　"무엇이라고?"

　대번에 눈이 휘둥그레져서 벌떡 몸을 일으킨 이정. 그는 바작 바작 타는 입술을 축일 틈도 없이 노인을 다그쳤습니다.

"주인장, 무슨 말을 하는 거요? 우리 군사가 왜 당신 객관에서 몰살당한단 말이오?"

"그런 것이 아니오라, 고구려에서 온 보개 장군 일행이…."

"보개?"

객관 주인은 가지고 왔던 보따리를 끌렀습니다.

"보개장군이 소인의 객관에 맡겨 놓았던 것이옵니다."

보따리 속에는 고구려에 파견된 사신 이대룡이 본국 당나라에 보내는 보고서가 들어있었다오. 게다가 보개가 연개소문을 암살하기 위해 장정 15명을 인솔하고 거동한다는 암살계획의 전말 또한 세세히 기록되어있었소.

"허허 참! 보개장군은 그래, 어쩌다가 죽었단 말이오?"

노인은 간밤의 일을 손짓발짓해가며 세세히 설명했습니다.

"그래, 연개소문의 일당이 몇 명이오? 아무리 간단하더라도 열 명은 넘었겠구려?"

"단 두 명이었사옵니다."

"단 두 명? 허어! 두 명이라, 하룻강아지 범 무서운 줄 모른다더니. 나 원 참!"

싸늘한 웃음 깨문 채로 고개를 갸웃거리던 이정. 그런데 그의 표정이 한 순간 밝아지더니 왁자하니 웃음을 터뜨리는 거였습니다.

"하하하, 수고 많았소. 연개소문이 돌궐에 들어가려면 필시 우리 진지를 통과해야 할 것인즉, 그 신세 독안에 든 쥐로세!"

노인의 얼굴에도 화색이 돌았습니다.

"아암요, 그렇고말고요. 하여 알려드리는 것이옵니다."

"정말로 수고하셨소. 그럼 노인장, 장막에서라도 편히 쉬도록 하오."

이정은 밖에 대기하고 있던 군관을 불렀습니다.

"노인장을 장막으로 모시고 가서 편히 쉬도록 하라. 그리고 연개소문의 인상착의를 온 군중에 알리고, 절대로, 그 자가 백평산을 못 넘게 하라!"

백평산 기슭, 연개소문과 바우가 바삐 말을 달리고 있었소.

산 너머 북쪽 기슭에는 당나라 이정의 군사기지가 있다는 사실을 스승에게 들어 빤히 알고 있었던 연개소문.

'그 늙은이가 혹 이정에게 갔다면 당나라 진지를 벗어나기가 어렵겠군. 그렇다. 이번엔 음모에서 빠져나가기, 탈출하기!'

언제 어디서 화살이 날아올지 모를 판. 그래서 거듭거듭 궁리하느라 옆을 볼 수도, 뒤돌아볼 수도 없었지요. 설상가상으로 짱알짱알 소리라도 낼 것처럼 햇빛이 쏟아져 온몸에 흥건하였던 땀방울들이 거짓말처럼 말라버릴 즈음엔 타는 듯 갈증이 밀려왔지만, 그래도 쉴 수가 없었지요. 사람이나 말이나 허덕허덕 산 중턱 낮은 구릉에 올랐을 땐 해가 이미 하늘 복판에 떠 있었소. 오른편 야트막한 봉우리 너머 저 멀리 펼쳐진 들판이 바다인양 뒤척여대는 것을 언뜻언뜻 눈에 새기며 그들은 조심조심 말을 몰아갔는데요, 그런데 문득, 우거진 나무숲 사이로 자그마한 초막이 눈에 들어오는 게 아니겠습니까. 제법 튼실한 싸리나무 울타리까지 갖추고 있는 굴피집. 두 사람, 똑같이 마주보고서 입을 열었습니다.

"물이나 좀 얻어마시자."

"아이쿠 서방님! 당나라 군사들이 있음 어쩌시려고요?"

"당나라 군사 몇 놈쯤이야……."

"여보시오, 주인장!"

바우가 안을 향해 큰 소리로 외쳤는데, 세 번이나 외치고 나서야 안에서 가느다란 여인의 목소리가 들려오는 거였습니다.

"뉘세요? 주인은 출타하고 안 계신데요?"

"송구합니다만, 물 한 그릇 얻어 마시려고 들렀소이다."

한참 지나자, 젊은 여인이 물바가지에 물을 담아 내와서 길손에게 물바가지를 내밀다가 "아!"하고 화들짝 놀라며 물바가지를 떨어뜨렸습니다. 연개소문도 당황하여 그녀를 마주보았는데요,

한 송이 꽃이 핀 것만 같이 곱다란 모습.

"혹, 고구려 평양성에서 오신 연개소문 장군 아니신지요?"

발그레해진 얼굴로 그녀가 사분사분 입술을 열었던 거요.

"허어! 나를 어떻게?"

"그거 참, 희한한 일이네요. 어떻게, 산 설고 물 설은 이 골짜기에 사는 사람이 우리 장군님 함자를 다 들먹인담?"

바우의 말에는 아무런 대꾸도 없이 벙하니 연개소문의 얼굴만 올려다보다가 낭자는 다시 입술을 열었습니요.

"분명히 그 얼굴이에요. 그날 이후, 소녀는 장군님의 얼굴을 한시도 잊을 수가 없었사와요."

"그날 이후라니?"

"지난 단오절, 양각도 그네 터에서 위급한 처지에 놓였던 소녀를 구해주시지 않으셨나요?"

"아아, 생각나는구려!"

그의 머릿속으로 지난날 양각도에서의 일이 빠르게 스쳐가고 있었소. 친위군의 소 총관과 당나라 사신 이대룡의 놀잇배에 잡혀있던 바로 그 소녀!

"낭자는 장안에 살고 있었던 걸로 아는데, 어떻게 이곳까지 왔단 말이오?"

"장군님……."

사방을 두리번거리던 그녀가 짐짓 소곤거렸습니다.

"이곳에 오래 계시면 위험하오니 어서 안으로 드사이다."

두 사람, 낭자의 안내를 받아 안채에 들어섰는데요. 겉보기보다는 아늑한 안채. 뒤뜰로 들어서자 그곳에도 사립문이 있고 밖으로 나가는 통로가 있었다오. 그리고 말은 뒤뜰 사립문 뒤 숲이 우거진 곳에 매어놓았는데, 바우가 말을 지키고 연개소문은 바로 옆의 창고 같은 방으로 안내되어 들어갔습니다.

그녀가 가야산 토기 잔에 꿀물을 타 와서 연개소문에게 올리고는 한 잔은 바우에게 갖다 주었는데요. 마침 갈증이 심했던 연개소문은 꿀물을 단숨에 들이켰죠. 그녀는 말에도 물을 떠다 먹이고 나서야 연개소문 앞에 단정히 앉았습니다.

"장군님, 황공하옵니다. 소녀를 구해주신 은혜, 갚지도 못한 채……. 이곳에서 이렇게 뵙게 되니 더욱 송구할 따름입니다."

"아무리 생각해도 이해가 안 되오. 낭자는 대체 어인 곡절로 이곳에 와 있는 거요?"

"아아, 장군님……."

그녀의 이름은 계은비. 본래 평양성 차피문 안에 사는 무인 계연수의 딸이었소. 어머니를 일찍 여의고 늙은 아버지가 무남독녀 외동딸을 정성들여 키워왔었는데요. 어려서부터 글을 배워 시서[31]에 능통하였고, 말달리기와 무예를 배워 그 출중함은 웬

만한 대장부도 따르지 못할 경지였죠. 그러던 중 5월 단옷날, 은비는 사촌오빠의 권유로 그네뛰기대회에 참가한 거였는데, 그날 그녀가 친위군의 군사들에게 봉변을 당하게 되자 연개소문의 활약으로 구출되었었소. 그러나 다음날 저녁, 빌어먹을 친위군의 군관들이 들이닥치더니 계연수를 때려죽이고 딸 은비는 끌어내어 돌궐의 장사꾼인 보부린에게 팔아넘겼답니다. 그녀를 데리고 백평산에까지 온 보부린, 그는 틈만 나면 계은비의 몸을 탐했는데, 했지만 그럴 때마다 그녀는 온갖 회유와 애소로 순간순간 위기를 모면해왔답니다. 믿거나 말거나. 아무튼, 보부린은 사실 돌궐의 장사꾼이 아니라 당나라 군관으로, 이정 장군의 휘하에 있는 사람이었던 것.

어쨌든 바로 그날 아침에 계은비는 군사들이 보부린에게 전하는 말을 우연히 들었는데, 그 내용인즉슨, 간밤에 계명관에서 연개소문이 당나라 군사를 여럿 죽였으며, 그를 잡기 위해 군사들이 쫙 깔렸다는 것. 하지만 연개소문이 산을 넘어 온 길은 사람이고 말이고 잘 다니질 않는 오솔길이었는데, 사실 또 다른 큰 길이 있었던 겁니다. 하하하, 당나라군은 큰길에다 군사를 매복시키고는 눈 빠지게 기다리고 있는 상황이었고 말입니다.

깊은 한숨을 내쉬는 연개소문, 눈물 그렁그렁한 계은비.

"장군님, 어서 떠나세요. 놈들이 곧 몰려올 것 같아요."

"낭자는 어찌 하시려고?"

"소녀야 이왕 붙들린 몸. 어서 장군님이나 떠나시와요."

"아니 되오. 대장부가 어찌 아녀자의 곤궁한 지경을 알면서 그대로 지나친단 말이오? 낭자, 어서 우리와 함께 떠납시다."

그때, 당나라 군관 둘이 사립문을 열고 들어서고 있었습니다.

"엇! 서방님, 저것들 좀 보십시오."

"쯧쯧쯧, 뉘집 자식들인지 명을 단축시키는구나."

그들이 있는 방이 지대가 높은 곳이라 당나라 군관들에게는 방이 안 보이고 방에서는 그들이 보이는 형국. 계 낭자가 벌떡 몸을 일으켰고, 연개소문은 곧장 등에 메고 있던 장궁과 화살을 뽑았으며, 화살은 순식간에 허공을 가르고 날았습니다. 그 순간 끽소리 없이 거짓말처럼 나뒹군 두 군관.

"낭자, 우리와 함께 갑시다!"

"하오나……."

"일각도 지체할 수가 없소. 이제 저 두 사람까지 죽인 판에, 낭자가 어찌 무사할 수 있겠소? 어서 떠납시다."

연개소문과 바우는 낭자가 갖다 준 찬 꿀물을 한잔 씩 더 마시고 부랴부랴 떠날 차비를 꾸리기 시작했는데, 바우가 연개소문의 말을 끌고 오자 연개소문은 먼저 말에 올랐습니다. 그리고 한

팔을 벌려 낭자에게 어서 타라고 재촉했죠.

"아니어요. 말 한 필쯤은 소녀에게도 있사와요."

재빨리 마구간으로 간 낭자가 말을 타고 나왔습니다.

"장군님, 송구하와요. 바쁘실 텐데 소녀까지 신세를 지는군요."

"아니오. 개의치 마시오."

예뻤소. 그녀의 말 탄 모습이 너무나 아름다웠소.

"길잡이는 소녀가 하겠습니다."

"고맙소, 낭자……."

낭자는 앞장서서 달렸습니다. 험한 비탈길을 능숙하게 말을
달려가는 낭자의 뒷모습을 홀린 듯 바라보던 연개소문, 머리를
푸르르 털고는 말의 엉덩이에 채찍질을 가했습니다. 한참 내리
막길로 달리다보니 저 아래 산기슭은 지형이 다소 평탄하였는
데, 그러나 좋아할만한 일이 아닌 것이, 아이고, 계곡 아래에는
당나라 군사의 장막들이 진을 치고 있었습니다요.

커다란 선바위 뒤에 숨어서, 연개소문은 당나라군의 진지를
내려다보고 있었습니다.

"흐음……. 대단하구나!"

전·중·후군이 모두 질서정연한 당나라군. 기치창검32)이 삼
엄하였습니다. 육화진법,33) 중앙에다 장수의 진을 배치해놓은

품이 명장의 진세임이 분명했지요.

"낭자, 낭자는 혹 당나라 장수의 이름이 누군지 아시오?"

"이정 장군이라 하옵니다."

"음~ 이정이라~ 과연 천하의 명장이오!"

연개소문은 찬탄을 아끼지 않았습니다.

"일찍이 내 스승에게서 당나라에 이정이라는 명장이 있다는 말을 들었었는데, 지금 보아하니 과연 명장이로군. 까딱하다간 붙잡히기 십상이겠네."

연개소문은 살금살금 산 아래로 길을 재촉했습니다. 당나라 군사에게 들킬까봐 극히 조심하며 말을 몰아 내려가고 있었는데요, 하지만 큰일이 벌어졌습니다. 별안간 큰 구렁이가 나타난 거였죠. 연개소문을 가로막은 구렁이는 말을 집어삼킬 듯이 아가리를 짝 벌렸고, 그 순간 연개소문이 장창을 꼬나들고 바로 내려찍었는데, 그러나 그 다음이 문제였던 거죠.

히이이잉!

말이 앞발을 높이 치켜들더니 크게 울부짖은 것이었습니다. 그러자 바우가 탄 말도, 계 낭자가 탄 말도, 연달아 크게 울부짖기 시작했는데요, 아이쿠, 세 마리 말이 한꺼번에 울부짖는 소리, 그 소리가 삽시간에 온 숲을 뒤흔들어 메아리를 자아내더니 유유히 저 아래로 파문지어 가는데

'어떡하지?'

당황하지 않을 수가 없었습니다.

'족히 10만 대군은 되어 보이는데?'

제아무리 만부부당의 연개소문이지만 10만 대군이라니! 난처하지 않을 수 없는 일. 도망치는 것 역시, 혼자라면 어찌어찌 가능하겠으나, 바우와 계 낭자가 있지 않습니까.

'승산이 서질 않아!'

산 아래서는 이미 많은 군사들이 함성을 지르며 산을 타고 있어서 이것저것 생각할 겨를이 없었지요. 그랬소. 무작정하고 달아나는 것만이 상수였소.

"자, 말머리를 돌려라!"

재빨리 말머리를 돌린 일행은 산꼭대기를 향해 치달렸습니다.

도대체 어느 방향으로 얼마나 달렸는지조차도 알 수 없는데, 뒤에선 당나라 군사가 떼 지어 쫓아오고.

"앗!"

정신없이 달리던 연개소문은 별안간 아찔한 현기증을 느꼈고, 그 자리에서 우뚝 말을 멈췄습니다. 바로 앞에, 깎아지른 절벽이 가로막고 있었던 거죠.

"우린 이제 죽었습니다."

"아아, 어떡해요?"

세 사람, 비명을 질렀습니다. 눈앞은 캄캄. 두 귀엔 당나라군의 아우성만이 점점 더 크게 들려올 뿐.

"이대로 잡히느냐, 떨어져 죽느냐…. 과연 죽는 길 밖에 없단 말인가?"

깎아지른 절벽 위를 올려다보자, 하늘엔 한가한 뭉게구름이 두둥실 떠가고 있었을 뿐.

눈을 감아야만 더 잘 보인다고, 그는 눈을 감았습니다.

'여기서 끝인가……'

더더욱 기세가 맹렬해진 당나라군의 추격.

절망이란 괴물이 온 몸을 갉아대는데, 게다가 초여름 한낮의 태양은 이글이글 타는 듯이 내려쬐어서 후두둑! 연개소문의 이마에선 땀방울이 곤두박질치고 있었습니다.

'심산유곡 진퇴양난이라니!'

모조리 절벽천지인 막판 길. 최후의 수단은 정면충돌.

와아!

와아!

당나라군이 점점 육박해 옴을 느끼며 천천히 눈을 뜬 연개소문. 그의 안광이 전에 없이 강렬한 불길을 담은 바로 그 때.

"장군님, 저기 무슨 글씨가 있습니다."

"무엇이? 아~ 생구(生口)!"

"생구라굽쇼?"

연개소문의 머릿속으로 번개같이 스치는 것이 있었습니다.

'음양학이다! 사람의 머리에 숨구멍이 있다고 했듯이 산 또한 그럴 것!'

재빨리 말에서 뛰어내린 연개소문이 무작정 <生口> 바위에 대어들어 밀기 시작하자, 계낭자, 바우, 모두 달려들어 죽을힘을 다했습니다. 하기는 바위를 미는 일 밖엔 그 어떤 일도 생각나지 않는 상황. 이윽고 커다란 바위가 움찔움찔 밀리기 시작했고, 조금 젖혀진 바위 안은 어두컴컴하긴 해도 희미한 통로가 보이는 것 같았습니다.

"어차피 갈 곳도 없다!"

"지옥으로 통한다 해도 들어가야죠."

바위를 좀 더 밀어붙이고서 우선 안으로 들어선 세 사람. 그런데, 놀랍게도, 굴 바로 안벽에 자세한 안내도가 있는 거였습니다.

"살았다!"

은비의 목소리인지 바우의 목소리인지, 아니면 다 함께 낸 소리인지는 알 수 없었지만, 아무튼 살았다는 사실은 그들을 흥분의 도가니에 빠뜨리고도 남음이 있었지요.

통로는 두 개로 한 통로는 돌궐의 동도(東都)로 가는 길, 또 한 통로는 남쪽의 중립지대로 통하는 길. 비로소 연개소문의 얼굴에 생기가 돌더니 불뚝불뚝 기운이 솟아났습니다.

"서둘러라! 말을 이 굴로 끌어들여!"

입에 혀처럼 민첩하게 움직여주는 바우와 계은비.

당나라 군사들의 함성이 머지않은 곳에서 들려온다는 것을 느끼며, 그들은 다시 끙끙 커다란 바위를 원래 위치로 돌렸습니다. 그러자 갑자기 깜깜해진 것을 보고 연개소문은 한숨을 푹 내쉰 동시에 빙긋이 웃었지요. 빈틈없이 봉쇄되었다는 증거였으니까요. 하하하, 이정의 군사들은 바위굴 바로 앞에서 하늘로 솟았나, 땅으로 꺼졌나하고서 우왕좌왕할 것이 불 보듯 뻔했습니다요.

비좁은 굴이라 말을 타고 갈 수는 없었습니다. 그래서 일행은 말고삐를 잡아 쥐고 돌궐 동도로 향했는데요, 얼마를 걸었는지도 모르게 한참을 걸었답니다.

"아! 저기 좀 보시와요!"

수백 평은 될 만한 널따란 호수가 그들 앞에 나타난 것이었는데, 수심이 얼마나 깊은지 물은 검푸른 빛이 감돌았습니다.

"도저히 그냥 건너갈 수는 없겠네요."

"동굴 안에 호수! 천혜의 요새 아닌가."

"지금, 경치 구경할 때는 아닌뎁쇼?"

세 사람은 털썩 호수 앞에 주저앉아버렸습니다.

'헤어날 길이 없을까?'

어디서 물 흐르는 소리만 왁자하게 들려올 뿐, 아무리 휘둘러 보아도 사방팔방이 어두컴컴하였지요.

허탈한 심정에 빠져 멍하니 호수의 수면만 바라보고 있었는데, 불현듯 저 멀리서 찌걱찌걱 노 젓는 소리가 들려오고 있었습니다. 번쩍 귀가 뜨인 연개소문. 그는 가만히 소리 나는 쪽으로 귀를 기울였소.

"배다!"

"하이고, 서방님. 이 안에 배가 있다니요? 설마? 잘못 들으신 건 아니고요?"

하지만 의아한 표정으로 상전을 멀뚱히 보던 바우의 귀에도 배의 노질소리가 점점 더 크게 들려오는 거였습니다.

"으아! 진짜네! 배가 틀림없습니다요."

"하늘이 무너져도 솟아날 구멍이 있다더니···."

"생구라아, 그 말씀입죠?"

"맞다, 살아날 구멍!"

그러다 일시에 입을 닫은 그들은 호수의 수면을 뚫어지게 응시했습니다.

"앗! 저기 배가 옵니다."

"어디요?"

"장군님, 저 맞은편 암벽 아래를 보시와요!"

하지만 그녀가 손가락으로 가리킨 곳은 도무지 어두컴컴해서 아무것도 보이질 않았는데, 그러나 자세히 보니 분명 배 한 척이 이쪽으로 오고 있었소. 연개소문은 뛸 듯이 기쁜 나머지 손나발을 만들어 입에다 붙이고는 큰 소리로 외쳤습니다.

"여보시오, 뱃사공!"

그러자 사공이 점점 더 빠르게 배를 저어오고 있었습니다.

호수 위를 철벅철벅 때렸다가 젓다가 쿡 찔렀다가 휘저었다가 하면서 배는 세 사람이 서 있는 바로 근처에 와서 멈췄는데요, 보아하니 세 필의 말과 세 사람이 충분히 탈 수 있을 정도의 크기였지요. 점점 더 조급해지는 마음을 꾹꾹 누르며, 연개소문은 조금 더 크게 소리쳤습니다.

"사공, 조금만 더 와주시오!"

잔뜩 경계하는 몸짓으로 일행을 바라보는 사공. 후줄근한 검은 색깔 옷차림에 백발성성한 노인이었는데요, 하지만 노 젓는 솜씨는 젊은 사람 못지않게 힘이 넘쳐보였지요.

"노인장, 죄송하지만 우리를 좀 건너다 주시겠소?"

벙하니 보며 한 손을 입에 가져가 수화라도 시작하려는 것 같던 사공이 이내 포기하고서 머릴 가로저었습니다.

"아니 되오?"

그러자 사공은 뭔 소린지 구시렁거리는데, "아하! 돌궐?"하고서 연개소문은 능숙한 돌궐어를 구사하기 시작했습니다.

"노인장, 혹시 돌궐 사람이신가요?"

그제야 사공이 슬며시 웃음을 머금고 말했지요.

"그렇소. 나는 돌궐 사람이오. 당신네는 대관절 뉘시오?"

"우리는 고구려사람, 돌궐에 사신으로 가는 길입니다."

"오호, 귀하신 분들! 이 동굴은 어찌 알고 들어오신 거요?"

자초지종을 설명하자 사공은 반가워 어찌할 바를 모르며 부랴부랴 배를 바싹 갖다 대는 것이었습니다. 세 사람은 천천히 말부터 배에 실은 다음 모두 올라서고 나서야 비로소 안도의 한숨을 쉬었고, 그들을 태운 배는 잔잔한 물결을 헤치며 미끄러지듯 나아갔습니다. 그리고 어느덧 배가 반대편 암벽 쪽에 닿았을 때쯤, 갑자기 물소리가 요란해지며 커다란 구멍이 나타났는데, 물의 출구. 물은 가파른 돌계단으로 내려가 자연히 폭포를 이루며 낙하하고 있었는데, 그리로 빠져서 요락수와 요수(압록)로 흘러들고 있었던 거죠. 물의 출구 바로 옆엔 또 돌문이 있는 모양인지, 사공이 커다란 빗장 같은 것을 가져다가 돌을 밀어붙였는데요,

화들짝 덮쳐들어오는 울창한 수풀. 수풀이 천연덕스레 노루꼬리만큼 남은 햇볕을 쪼이고 있는 풍경.

"하하! 바깥세상입니다!"

바우가 껑충껑충 뛰면서 어린아이처럼 좋아했습니다. 일행이 무사히 굴 밖으로 몸을 뺄 수가 있었으니까요.

요행히 돌궐 선봉군이 장악하고 있는 고장이었는데요, 굴 밖 능선에는 늙은 사공이 거처하는 초가집이 한 채 있었고, 그 옆에는 기둥을 붉은 색으로 칠한 낡은 사당이 있었죠.

'이렇게 외진 곳에 사당이라니?'

연개소문은 너무 이상하여 노인에게 물었습니다.

"노인장, 이 사당은 누굴 모신 곳이오?"

"예에! 고구려의 왕신을 모신 사당입죠. 그 누구건, 이 왕신께 축원을 올리면 반드시 복을 받는다는 말이 있어요."

노인의 얼굴에 어떤 자랑스러움이 반짝이고 있었습니다.

"고구려의 왕신이라니? 어느 왕인가요?"

"그야, 고구려 시조 동명왕신입죠."

"아! 동명성왕!"

크게 머리를 끄덕이던 연개소문은 바우와 계 낭자를 돌아보며 말했습니다.

"자아! 우리도 대왕님 앞에 정성들여 축원을 올립시다!"

숙연한 자세로 사당엘 들어선 세 사람은 동편에 안치된 동명대왕상 앞에 엎드려 세 번 절하였고, 그러고 나서 연개소문은 조용히 생각에 잠겼습니다.

'누가 이 사당을 세웠을까? 그것도, 이토록 인적도 드문 험준한 곳에다가……'

동명상 지석 밑에 영락대왕[34]이라는 연호와 함께 구토[35]의 기념으로 지었다는 자세한 사유가 새겨져 있다는 것을 알자마자, 그는 하늘로 솟구치고 싶을 정도로 기뻤습니다. 지금껏 자신에게 용기와 조국에 대한 사랑을 일깨워준, 영락대왕의 깊은 뜻이 담겨져 있는 글이었으니까요.

'옛 땅을 되찾아야 한다. 아, 스승께서 온 열정을 쏟아 강조하시던 대고구려의 자주적 기상과, 아버님이 생명을 걸고 주장하시던 북벌[36]의 신앙이 바로 이곳에 살아있었다. 그렇다! 대고구려의 오늘을 있게 한 영락대왕이 나를 이곳으로 인도한 것이다. 대왕은 고구려의 옛 땅을 회복하여 요하의 동서 천리를 우리의 땅으로 한 위대한 군왕이시다. 그러나 하지만 말이다. 오늘은 과연 어떠한가! 영락대왕께서 평생의 사업으로 고심참담 이룩한 고구려의 대 영토가 오늘날에 와서 이토록 위협을 받고 있다니! 대왕의 영특하고 자주적이던 기상과 무예를 중시하던 정신이 이토록 퇴락할 수 있는가? 고건무! 매국노! 당나라의 침략이 두려워 당나라와 화친을 맺어? 그것이 왕으로서의 진정한 태도인가? 천만에! 대고구려는 당나라 따위의 한족37)을 두려워할 아무런 이유가 없다. 영락대왕은 한족의 무리를 조상의 땅에서 완전히 축출했고, 나의 스승 을지문덕 장군은 수나라 군을 궤멸시켜 수나라를 중원에서 영원히 사라지게 만들지 않았던가. 그 기백, 그 기상이 지금은 다 어디로 갔단 말인가? 아아, 안타깝다!'

두 주먹을 불끈 쥐고 치를 떨던 그는 눈물이 그렁그렁한 채 바깥으로 걸음을 옮겼는데, 사당 곳곳엔 말을 타고 종횡무진하며 적군을 추풍낙엽처럼 쓸어버리던 영락대왕의 모습이 어려 있는 것만 같았다오. 저 멀리 저녁노을이 사당을 붉게 물들일 즈음엔 그의 맹세가 더더욱 구체적인 형상으로 그의 머릿속을 채웠고 말이오.

'오냐, 내 뼈가 부서져 가루가 되는 한이 있더라도 옛날의 영광을 다시 일으키고야 말리라.'

그렇게 수없는 맹세를 하고 또 하던 그는 한편 사당이 이토록 깨끗이 보존되어 있다는 것에 놀라움을 금할 수 없었습니다. 그래서 노인을 돌아다보자, 노인은 말없이 미소만 지어보일 뿐이었죠. 또다시 사당주변을 돌아보는 연개소문의 가슴 속에는 홀

룽한 조상에 대한 자랑스러움이 넘실댔습니다.

"오늘은 너무 늦었으니 이 늙은이의 초옥에서 묵어가십시오. 초라한 곳이지만 하룻밤이야 어찌어찌 지낼 수 있을 것입니다."

"그렇잖아도 노인장께 청을 하려던 참이었는데, 이처럼 배려해주시니 얼마나 고마운지 모릅니다."

커다란 방에 세 사람이 함께 들게 되었는데요. 방이 두 개 뿐이라 계 낭자를 따로 재울 수가 없는 노릇이기 때문이었죠.

"낭자, 불편하지만 참아야겠소."

"아유 장군님, 소녀 걱정일랑 마시와요. 소녀 오히려 장군님께 누를 끼치게 되어 송구할 따름이옵니다."

"밤도 깊었으니 낭자는 먼저 아랫목에서 주무시오. 우린 내일의 준비도 있고 해서 이따가 잘 터이니……."

계 낭자가 말끄러미 연개소문을 응시하였습니다.

"소녀도 잠이 오질 않사옵니다. 이렇게 밤을 새는 것이 더 좋을 것 같사옵니다."

계 낭자의 볼이 발그레하게 달아오르는 것을 보며 연개소문은 골똘한 생각에 빠져들었는데, 생각을 하다 하다가 늙은 주인을 찾아갔습니다.

"노인장, 어려우시겠지만 부탁 한 가지 들어주시겠는지요?"

"아니 무슨 부탁이신지? 이 늙은이가 할 수 있는 일이라면 기꺼이 들어드립지요. 말씀해보시구려."

"우선, 남자 옷 한 벌만 구해주십시오."

"누구? 아, 저 낭자 입히시려고요?"

"예, 남장을 시켜야 되겠습니다."

"오호라, 잘 알겠습니다. 이 산 아래에 민가가 있습지요. 그곳에 더러 고구려 사람이 살고 있는데 한번 구해보겠습니다. 염려마십시오."

다음날 날이 밝자마자 사공이 남자 옷 한 벌을 구해왔습니다. 연개소문이 은자 한 줌을 내밀자, 사공은 거듭거듭 사양하다가 마지못하여 받았지요.

"주인장은 우리 생명의 은인이오. 은자 몇 푼으로 어찌 그 보답을 다할 수가 있겠습니까?"

연개소문이 그렇게 치하하자,

"아닙니다. 오히려 이 노부가 고맙습니다. 우리 돌궐을 위해 먼 길을 오셨는데, 별 말씀을."

늙은 사공이 만면에 웃음을 띠자 남장 여인 계은비도 살짝 고개를 숙였는데, 그 모양이 어찌나 귀여운지 연개소문도 덩달아 웃음을 물었습니다.

"히히히! 꽃처럼 예쁜 사내입니다요!"

바우가 히죽이 웃으며 농을 걸었습니다만 연개소문은 갑자기 심각한 얼굴을 했습니다.

"계 낭자! 이제부터 낭자는 완전한 장정의 몫을 해야 하는데, 자신 있으신 거요? 만일에 낭자가 아녀자란 것이 탄로 나면, 그때는…. 일이 여간 난처해지는 게 아니오."

입술을 살짝 물었다 풀고는 그녀가 활짝 웃었습니다. 그리고 짐짓 남자 목소리를 지어내었죠.

"장군님, 잘 알겠습니다. 어떤 일이 있더라도 장군님 뜻에 순응하겠사옵니다."

그러자 바우가 박장대소하며 뺑뺑이를 돌더니 이내 뚱해져서 말고삐를 잡았습니다.

"자, 갈 길이 바쁘니 어서어서 떠납시다."

공손히 하직인사 남기고서, 세 사람은 아래로, 아래로 말을 몰았습니다.

만부부당의 사내

돌궐 선봉장 배율치명. 그는 요락수를 끼고 높이 솟은 금산 북녘에 진을 치고 당나라 이정과 대치하고 있는 중이었습니다.

"고구려에서 사신이 도착하였다고 아뢰어라."

선진38)의 장막이 있는 초소에 다다른 연개소문이 초소를 지키는 군졸에게 돌궐어로 말하자, 그들은 반색하며 맞이했습니다. 초소 군관이 곧장 본진으로 말을 달려 이 사실을 알렸고, 얼마 후, 연개소문은 배율치명의 장막에 이르렀습니다.

"원로에 얼마나 수고가 많으셨소이까? 본관은 돌궐 선봉장 배율치명이라 하오. 귀국의 대왕마마 성체 무량하시옴을 우리 전하와 문무 조신들이 앙축 경하하옵니다."

"귀국의 성상폐하 성체 무량하옵심을 앙축하오이다. 아울러 귀하와 온 나라 안의 문무귀관들이 만강하심을 고구려 사신 연개소문 본국 성상마마의 성지를 받들어 문안 올리오."

'연개소문?'

배율치명이 연개소문을 벙하니 바라보았습니다.

'나이는 어려 보이나, 용모와 위풍이 당당해. 얼핏 보아도 비범한 인물이군.'

그러나 한편 실망감에 빠져든 배율치명.

적어도 5만군, 많게는 10만 원군이 구름꽃을 피우며 달려올 줄 알았던 배율치명으로서는, 단 한 사람, 시종까지 세 사람이라는 사신 행차 앞에서 아연실색하지 않을 수가 없었소. 그랬소. 처음엔 대단히 반가운 표정이던 배율치명의 얼굴에 차츰 불안의 기색이 감돌았소. 그 표정을 읽은 연개소문은 민망하기 짝이 없는데다 곤혹스럽기조차 했습니다. 게다가 배율치명의 인상이 50전후의 비대한 몸집에 이글이글한 두 눈과 좌우 광대뼈가 불거진 얼굴모습이 얼핏 보아도 앞뒤 꽉 막힌 고집불통으로 보여서 숨이 턱 막힐 지경. 하지만 선봉장답게 자기 성질을 최대한으로 죽인 배율치명이 다시 정중한 예를 표하며 입을 열었습니다.

"마침 전하께오서 장막에 행차하여 계시오. 사신께선 국서를 봉정하시고 전하를 배알하실 절차를 밟으심이 좋을 듯하오."

연개소문은 배율치명의 그러한 배려가 내심 고마웠습니다.

"감사하오이다. 귀국의 대란(大亂)에 도움 되지 못하는 본인을 이처럼 환대하시니 다만 황송할 따름이오."

그는 소중하게 지녀온 국서를 두 손으로 받들어 배율치명에게 건넸습니다.

"사신께서는 전하의 교지가 계실 때까지 여기서 기다려주시기 바랍니다. 귀국의 국서를 전하게 상주하여 대명을 배수하고 오겠소이다."

그리고 배율치명은 총총히 사라졌습니다.

돌궐 왕 힐리가한[39]. 그는 선봉군 임시 장막 안에서 교의에 앉아 있었는데, 가끔은 얼굴을 찡그리며 깊은 생각에 잠겨 있었습니다.

'이제나 저제나 초조하게 기다리는 나날의 연속이구나. 아아, 이젠 지겨워졌다. 모두 때려치우고 싶다.'

힐리가한은 울컥울컥 치미는 울화를 간신히 다스려왔었는데요, 중군에서 무료하게 원군 오기만을 기다리기엔 그의 성정이 너무나 조급했던 거죠.

'국가가 나의 대에서 없어지느냐, 되살아나느냐, 그것이 문제로다.'

이 중대국난에, 평정한 마음을 갖지 못하고 안일하게 원병 오기만을 기다리고 있기는 더할 수 없는 괴로움. 그러나 별달리 어찌해볼 수도 없어서, 다만 선봉장 배율치명의 진중에 머무르며 동동거리고 있는 힐리가한. 벌떡 교의를 박차고 일어섰다가, 이리저리 정신없이 오락가락하고 있는 힐리가한.

그때에 시위군관이 들어와 읍하고 아뢰었습니다.

"마마, 방금 고구려에서 사신이 도착하였다 하옵니다."

"뭐야? 고구려에서?"

그는 귀가 번쩍 뜨였습니다. 하지만, 원병 온다는 소리가 아니라 사신이 도착하였다는 소리라는 것을 알아차리자마자 맥이 쭉 빠져버렸죠.

"으흐흐흐흐음……. 사신이라고?"

푸욱! 숨을 몰아쉬다말고 심드렁하게 말을 내던지는 힐리가한.

"그래서, 사신은 지금 어디에 있다 하더냐?"

"예에, 지금 선봉장 배율치명 장군 막사에서 마마를 배알할 절차를 기다리고 있다 하옵니다."

"알겠다. 물러가 있으라."

또다시 털퍼덕 앉은 힐리가한은 연해연방 중얼거렸습니다.

"말갈에선 이미 5천의 원군이 와서 선봉진에 서 있는 판인데, 고구려에선 기껏 사신을 보냈다 이 말이지?"

그때, 배율치명이 장막 안으로 들어와 왕의 용안을 힐끗 살피면서 허리를 굽혔습니다.

"마마, 고구려국에서 사신 연개소문이 도착하여 국서를 봉정하였사옵니다."

배율치명이 두 손으로 국서를 받들어 힐리가한에게 바치자, 그래도 행여나 싶은 마음에 급히 국서를 펴서 열심히 눈동자를 굴리는 힐리 가한.

「돌궐 국왕 전하 ... 짐이 대통을 이어 고구려 종묘사직을 지켜오는 동안, 내외로 환란이 끊이지 않음은 짐의 부덕한 소치라 하더라도, 짐의 뜻은 억조창생이 바라는 바를 또한 저버릴 수 없는 바라, 전하는 이러한 짐의 충정을 깊이 통찰하여 짐 홀로의 뜻을 펴지 못하는 마음을 살피기 바라오. 귀국의 사정을 자세히 탐문하여 국론을 통일코자 사신 연개소문을 전하께 보내는 바이니, 전하의 넓으신 아량으로 짐의 어려운 처지를 살펴주시기 바라오. 오직 귀국이 위태로울 때 적기에 파병하지 못하는 것만을 민망하게 생각할 따름이오.」

국서를 다 읽고 난 힐리가한의 눈이 잉걸불처럼 타올랐습니다. 숨결마저 거칠어지고 얼굴근육도 극심하게 떨리더니, 급기야 가쁜 숨을 몰아쉬면서 후들후들 떨어대다가, 기어이 국서를 쫙! 찢어 양손에 들었소. 생각 같아선 조각조각 내고 싶었지만, 그래도 국왕의 체통은 지켜야하겠기에 두 조각으로만 내고 만 것이었습니다. 이윽고 두 조각 난 국서가 배율치명의 머리에 툭

툭 내려앉았고, 배율치명은 도대체 무어라고 위로의 말씀을 올려야 할지를 몰라서 그저 막막한 마음으로 부복해있었습니다. 그러다 문득 땅에 떨어진 국서를 주워서는 단정히 펴고 왕 앞의 탁자에 고이 올려놓았지요. 그러자 더욱 험악한 표정으로 호령하는 가한.

"보기 싫으니 치우시오! 고구려 국왕은 그래, 그동안 짐의 국서를 수차례 보았을 터인데, 사신 또한 누누이 설명했다고 들었는데, 아니 그래, 글을 읽을 줄 모르는가, 말귀가 먹었는가, 도대체 개도 안 물어갈 구구한 변명을 이리 적어 보낸단 말이던가. 해괴하도다!"

국서가 다시 땅에 떨어지자, 배율치명은 거듭 국서를 탁자에 올려놓은 다음 한 발 물러나 머리를 조아렸습니다.

"마마, 소신, 아뢰옵기 황송하오나 한 말씀 진언코자 하옵니다. 부디 이 나라의 앞날을 생각하시어 고구려 사신을 친견하소서. 후일이라도 조속히 원병이 올 수 있도록 도모하심이 마땅한 줄로 아뢰오!"

그제야 격분했던 마음이 조금 가라앉았는지, 힐리가한의 입가에 쓸쓸한 미소가 흘렀습니다.

"옳은 말이오만, 경도 잘 알다시피, 지난날 고구려의 국난에 우리가 단 한 번이라도 파병하지 않은 적이 있었소? 그렇거늘,

작금에 와서 고구려의 태도는 심히 고약하지 않을 수 없소."

"마마, 소신도 성려하시는 바를 잘 알고 있사오나, 지금은 감정만을 앞세울 때가 아닌 줄로 아옵니다."

"딴은 그렇소."

힐리가한이 천천히 머리를 끄덕였습니다.

"그렇담 경은 어서 가서 고구려 사신을 들라 하오. 만사 경의 처사에 맡기겠으나, 짐 또한 사신에게 이를 말이 있소."

그제야 연개소문이 있는 장막으로 발길을 옮기는 배율치명.

"장군, 이렇게 찾아주시니 송구합니다."

초조히 기다리던 연개소문이 벌떡 자리에서 일어났습니다.

"아니오. 사신을 불편한 장막에서 오래 기다리시게 하여 도리어 송구스럽습니다. 일단 큰불은 잠재웠으니 지금 전하를 뵈러 가십시다."

"장군, 귀국의 왕 전하를 뵈옵기가 몹시 두렵소이다."

배율치명을 따라 힐리가한이 거처하는 행궁으로 발길을 옮기면서, 연개소문은 걱정이 태산이었습니다.

'아이고, 왕의 분노를 살 것은 마땅하려니와, 계 낭자와 바우는 도대체 어찌한담?'

어느덧 왕이 있는 행궁에 도달하고 보니, 초라하던 바깥과는 달리, 실내가 대궐 못지않게 화려하게 장식되어 있었습니다. 실내 사방 벽은 당나라 비단, 용상 앞에도 당나라 비단옷으로 의장한 시녀들이 시립해있는 것이었죠.

"마마께 아뢰오. 고구려의 사신 연개소문이 배율치명 장군의 안내로 방금 계하에 도착한 줄로 아뢰오!"

아무런 대답도 없이 고개만 끄덕인 힐리가한. 이윽고 궁녀 두 사람이 나서서 사신을 용상 가까이로 인도하였고, 그래서 어전에 부복 배례하게 된 연개소문.

"전하, 성수무강하시옵기를 고구려의 사신 연개소문이 배례 올리옵니다. 이번에 외신(外臣)이 우리 대왕 폐하의 성지를 받들고 전하를 배알하게 되어 그 성은이 망극하나이다."

"호오! 사신께서 대고구려 대왕폐하의 성지를 받들고 원로에 오시기 얼마나 수고가 많았겠소?"

근엄한 표정을 지으며 연개소문을 내려다보던 힐리가한의 목소리가 약간 격앙되어있었습니다.

"전하의 하해와 같은 성려를 받자와 황공하옵니다."

"귀국의 대왕폐하께서 짐에게 보낸 국서는 좀 전에 우리 배율치명 장군이 올려 잘 보았소. 대왕폐하께서 성체 무량하시다 하니 다행이오."

"전하, 성려에 보답치 못한 고구려의 사신 연개소문, 몸 둘 바를 모르겠사옵니다."

왕은 사뭇 식식거리는 한편 연개소문을 노려보았습니다.

"짐은 지금 당나라의 침략을 받아 사직이 위태로울 지경에 놓여 있소. 그리하여 귀국에 사신을 여러 차례 보내어 원병을 요청했거늘……. 어찌하여 이제 와서 달랑 홀몸의 사신을 보내주셨단 말이오? 도저히 고구려의 진의를 모르겠구려."

"전하, 황공할 따름이옵니다."

"사신도 잘 알다시피, 귀국에서 외환(外患)이 있었을 때에 우리나라에선 국력을 싹쓸이해서라도 원병을 보내어 동맹국의 우의를 저버리지 않았거늘, 고구려는 대국으로서 어찌 동맹국의 우의를 그처럼 쉽게 저버릴 수 있더란 말이오?"

피 돋는 왕의 절규에 진땀만 흘릴 뿐, 도대체 무어라 할 말이 없는 연개소문.

"하기야, 고구려의 원병 10만보다 명장인 장군을 한 사람 얻은 것이 차라리 나을지도 모르겠소. 하하하하!"

드디어 연개소문의 등골에서 식은땀이 주르르 흘렀습니다.

"전하, 황공하옵니다. 외신은 전하의 성지를 받자와 분골쇄신하겠사옵니다."

연개소문의 말을 들었는지 어쨌는지 힐리가한은 용상에서 벌떡 몸을 일으켰습니다. 그리고 배율치명에게 분부하기를

"경은 대국의 사신을 예우에 어긋남이 없이 대우하오."

"소신 성지대로 봉행하겠나이다."

이윽고 시녀들에게 둘러싸여 나가는 돌궐 왕의 뒷모습이 문득 쓸쓸하였습니다.

배율치명은 전군 진영에 새로이 장막을 가설하고는 그곳에 연개소문을 묵게 하였습니다. 관례대로 할 것 같으면 고구려 사신은 돌궐의 수도인 동도 어느 객관에 머물게 할 일이었지만, 이번엔 그 관례를 깨고 진영 안에 숙소를 정해준 것이었죠. 그것도 왕의 명령이었던 것이어서 연개소문은 종자 두 명, 즉 바우와 계은비 두 사람과 함께 한 장막에 거처하게 되었습니다.

그 이후, 여러 날을 두고 배율치명의 주도하에 베풀어진 성대한 연회에서 융숭한 대접을 받았지만, 그러나 연개소문은 도무지 가시방석이었습니다.

연개소문이 돌궐 땅에 기거한지 1년이 되어갈 무렵, 멀리 당나라 진지가 있는 백평산을 한없이 바라보는 연개소문에게 다가오는 사람이 있었습니다.

"사신님, 저희 장군님께서 부르시옵니다."

배율치명의 시종군관이었지요.

"장군께서?"

기분이 씁쓸해져서 연개소문은 입을 굳게 다물었습니다.

'허허 참, 대고구려의 사신에게 감히 오라 가라 하다니….'

'인질로 잡힌 몸 아닌가. 어쩔 수 없는 노릇이지.'

아랫입술을 지그시 깨물면서 연개소문은 배율치명의 장막을 젖혔습니다.

"사신을 오라 가라해서 대단히 송구합니다. 용서해주시오."

배율치명이 자리에서 몸을 일으키며 정중히 인사했습니다.

"천만에 말씀입니다. 그렇잖아도 문안차 장군을 뵈려고 하던 참이올시다."

"하, 그것 참 잘 되었구려. 어서 여기 앉으시오."

연개소문이 자리에 앉자마자 당직 군사들이 꿀차를 날라 왔습니다.

"자, 이 꿀차를 좀 드시지요. 시원하실 거요."

"허어, 고맙소이다."

안 그래도 갈증이 나던 참이라, 연개소문은 거무스레한 쇠붙이 잔에 담긴 꿀차를 단숨에 들이켰습니다.

"어, 시원해!"

소리 없이 웃다가 금세 얼굴이 굳어지는 배율치명.

그는 잠시 우물쭈물하더니 기어이 입을 열었습니다.

"부끄럽소이다만, 이거 참, 큰일이 났소이다."

"아니, 큰일이라뇨?"

연개소문은 배율치명의 눈을 뚫어지게 보았습니다.

"당나라 군진에서는 어제 돌연 2만여 기병이 증강되었다는 급보가 왔소이다."

'어쩐지 아침부터 병사들의 움직임이 부산하더라니…….'

연개소문은 고개를 끄덕이면서 짐짓 사죄의 말을 했습니다.

"그 말씀을 들으니 더욱 송구합니다."

원병을 보내지 않고 있는 본국의 처사가 매우 원망스러웠지만 그런 내색을 한다는 건 금기사항. 그나저나 증강된 당나라 군사가 곧 침공해 올 것이라는 조짐이 보여서 연개소문은 괜히 마음만 급해졌던 겁니다.

"아, 아니외다. 지난 일을 가지고 너무 괘념치 마오. 그보다는 지금 우리가 당한 눈앞의 일이 더욱 시급하게 되었소이다."

"촌각을 다투는 일이지요."

연개소문은 이미 배율치명의 속을 다 읽어버렸습니다.

"장군께서 걱정하시는 바가 무엇인지 잘 알겠소이다. 이 사람도 본래 무인이니 당나라군의 격파에 앞장서겠소이다. 그동안 너무 편히 놀아서 몸 상태가 말이 아니기도 하고 말입니다. 허허! 염려 마시오!"

"소장이 하고자하던 말씀을 하시니 더 할 말이 없소이다."

벙하니 입을 벌린 채로, 연개소문을 바라보는 배율치명의 눈에 경이로움이 일렁일렁, 두 장군, 장막 밖으로 나가자마자 말을 몰아 산비탈을 달렸습니다.

산 중턱. 저 멀리 어마어마한 당나라 진지가 한눈에 들어왔다오. 적진 오른쪽에는 많은 기병들이 이동하고 있었는데, 한동안 그쪽으로 눈길을 보내고 있던 배율치명, 그는 굳어진 표정으로 연개소문을 돌아보았소.

"장군! 적진의 저 기병들은 왜 갑자기 동북간 쪽으로 이동하는 걸까요?"

배율치명의 말을 들었는지 못 들었는지, 말 위에 앉은 채 묵묵히 앞만 주시하던 연개소문, 이윽고 오른손을 들어 적진을 가리키며 입을 열었습니다.

"장군, 저걸 보시오. 저 진세는 분명 육화진이오. 적군은 지금 우리 진을 공격하려고 이동 태세를 취하고 있는 거요. 저들이 공세에 돌입할 땐 저 기병들이 선봉에 설 모양이오."

그 말에 무릎을 탁 치며 고개를 끄덕이는 배율치명.

"그러고 보니 과연, 장군의 말씀이 맞소이다."

'그거 참 어처구니없구려. 얼핏 보기만 해도 판단할 수 있을 터 인즉….'

연개소문은 문득 입이 떼어져서 유난히 두툼한 입술을 꾹 다 물었습니다만, 상대방의 마음 풍경을 알 까닭이 없는 배율치 명. 그의 속은 정말 적군의 기병이 쳐들어온다면 어떻게 대처 해야 할지, 어둡고 무거운 걱정만이 두꺼운 벽을 만들고 있을 뿐이었소.

"장군의 짐작대로 저토록 강력한 기병이 선봉이 되어 쳐들어 온다면 우린 어떻게 막아야 하는 거요?"

앞으로 나아가려는 말고삐를 높이 들어 멈추게 한 배율치명이 걱정스레 물었습니다.

"그걸 이 몸에게 묻는 거요?"

연개소문은 싱긋 웃었지요. 뭘 몰라도 소박하게 인정하고 드 는 배율치명의 인간성이 무척 맘에 들었던 거요.

"너무 걱정하실 필요는 없소이다. 적과 대진한 귀국의 선봉군 이 이 능선 초입에 있지 않소이까? 원래 이 능선 동남 편에는 반 드시 복병을 두어야 할 것인데, 귀국에선 아무런 대책을 세우지 않았고, 그것을 적군이 간파하였소. 아마도 적장은 오늘 저녁 일격에 귀진을 공격할 계획일 것이오. 하니, 오늘 저녁에 귀국에서 먼저 정예 기병 3천 명만 매복해놓으면 그만일 것입니다."

"그거 참 천하의 명안이외다."

배율치명은 또 무릎을 쳤습니다.

"거, 무릎 아프시겠소."

"예에? 하하하하!"

"아무튼 장군! 오늘 밤에는 필시 야습이 있을 것이니 진중에 군령을 내리시오. 대비를 해야 하오."

다시 군진으로 돌아온 배율치명은 즉시 부장과 아장을 불렀습니다. 그리고 기병을 복병으로 배치하게 하고 온 진중엔 비상대기령을 내린 후 연개소문에게 다시 부탁했죠.

"오늘밤, 소장의 장막에서 도와주셔야 되겠소이다."

"좋소이다."

이 소식을 접한 돌궐왕은 급히 배율치명을 불렀습니다.

"전하! 고구려사신의 말이 옳사옵니다. 오늘밤에는 필연코 야습이 있을 것이옵니다."

휘황한 등잔불빛에 배율치명의 모습이 어른거리고 있었습니다.

"누가 그것을 장담하겠소?"

왕이 잔뜩 의심스러운 눈초리로 내려다보자, 배율치명은 다시 읍하며 아뢰었습니다.

"마마, 만약 오늘 적의 야습이 없을 시엔 그 또한 고구려 사신 연개소문에게 엄히 책임을 물을 것이옵니다."

"야습이 없을 시엔 연개소문을 잡겠다, 아니면 죽이겠다고?"

원병을 보내지 않는 고구려에 진작 보복을 해야 하는 것을 못했는데, 이유 없이 사신을 죽일 수는 없었기 때문이었소.

'잘됐군. 고구려 사신을 죽여 조금이라도 울분을 풀어볼 수 있겠군.'

벌떡 몸을 일으킨 왕이 신하를 끌어안을 듯이 다가서더니 그 등을 두드려주었습니다.

"과연 경의 계책이 옳도다."

"하오니 마마, 신에게 맡겨주시기 바라나이다."

"그러오. 경이 잘 알아서 처리하기 바라오. 우리 손으로 고구려 사신을 처치함은 오히려 고립무원[40]을 초래하는 처사일 것이고…. 만에 하나 그 자의 말대로 적의 야습이 있다면 그에 따라 융통성 있게 할 일. 그럴 경우엔 사신 연개소문을 선봉에 세우도록 하시오. 흐흐흐, 만에 하나라도, 사신이 당나라 군사의 손에 죽는다면 그야말로 일석이조의 좋은 일 아니겠소."

"마마의 성려를 소신도 통찰하고 있사옵니다. 고구려 사신이 선봉이 되어 당나라군에 의해 전사하면 자연히 두 나라의 감정이 악화될 것이옵니다."

"짐의 생각도 그러하오. 그렇게만 된다면 얼마나 좋겠소. 연개소문의 장례를 극진히 지내주는 한편으로 고구려에 사신을 파견하여 깊은 조의를 표한다면, 호오! 고구려의 영류왕도 그제는 병마를 일으키지 않을 수 없으리라."

"마마, 과연 묘책이고 상책이옵니다."

힐리가한과 배율치명이 서로 머리를 맞대고 꿩 먹고 알 먹고 도랑치고 가재 잡고의 작전을 짜고 있는 그 즈음, 밖에서 군관 하나가 헐레벌떡 뛰어들었습니다.

"마마께 아뢰오!"

"뭐냐?"

"당나라군이 야습해온다는 급보를 가지고 마한가리 장군께서 대령한 것으로 아뢰오!"

"무엇이? 얼른 뛰어가라! 마한가리 장군을 들라 하라!"

힐리가한의 얼굴은 백짓장처럼 질려버렸지요. 잠시 후, 마한가리가 대령하였습니다.

"마마께 아뢰오! 당나라의 기병부대가 지금 야습해오는 중인 것으로 아뢰오!"

"그래, 우리 군은 어찌 되었소?"

"신이 아는 바로는…. 아군의 군진 어귀에서 우리 기병과 당나라군이 교전하고 있다는 보고만 받았을 뿐이옵니다."

"흐음!"

힐리가한은 지그시 눈을 감았습니다.

'연개소문은 과연 천하에 명장 아닌가.'

눈을 떠서 눈앞에 부복한 두 신하를 내려다보았습니다. 지금까지 믿어왔던 신하들이 타국에서 온 사신 연개소문과 비교하니 너무나 한심하였지요.

"경들은 어서 연개소문을 대동하고 현지에 나가보오!"

왕짜증 왕의 분부에 절절 매는 두 장군.

"황공하옵니다. 소장, 어명 받들어 봉행 하겠나이다!"

"잠깐만! 짐도 나가보겠소. 경들은 조금만 기다려주오!"

두 장군 물러가려 하자, 왕도 황황히 몸을 일으켰습니다.

휘황한 갑옷으로 무장한 왕이 신하들을 대동하고서 선봉 진중에 이르렀습니다.

장막 앞에는 바우가 완전무장을 한 의젓한 자세로 파수를 보고 있었는데, 배율치명이 비탈을 내려오는 모습을 보자 재빨리 앞으로 뛰어가서 척하니 군례를 올려붙였습니다.

"이 밤중에 장군님께서 어인 행차?"

배율치명도 바우를 알아보았습니다.

"오냐. 수고가 많구나. 연 장군님은 안에 계시느냐?"

"우리 장군님께선 장군님을 찾아가셨다가 헛걸음 하시곤 할 수 없이 홀로 싸움터로 나가셨습니다."

"무엇이? 연 장군 혼자서 나가셨다고?"

"예, 그럼요!"

배율치명은 얼굴이 화끈 달아올랐습니다.

'연개소문은 타국의 장수인데도 불구하고 지체 없이 출전했는데, 우린 아직 뭘 하고 있었단 말인가…….'

왕과 함께 연개소문을 놓고 도랑치고 가재 잡기, 꿩 먹고 알 먹기 궁리나 했던 조금 전 일이 떠올라서 그는 양심이 화끈거렸습니다. 또 한편 힐리가한은 양심의 가책을 넘어서서 감탄을 거듭하는 중이었고요.

"고구려 사신 연개소문은 과연 슬기로운 명장이구려!"

그들은 급히 기병이 매복되어 있는 격전지로 달렸습니다.

이 산 저 산 봉우리마다 퍼져 있던 구름은 어느새 바람에 쓸려 갔고, 한여름 달이 둥실 떠올라 이쪽저쪽의 계곡을 대낮같이 밝혀주는데, 계곡의 평평한 능선에서는 돌궐 기병이 당나라 2만기병을 맞이하여 한창 용감하게 싸우고 있었다오. 격전은 이미 한 고비를 넘어가고 있어서, 왕의 일행이 당도했을 때는 돌궐 기병이 당나라 기병을 좁은 계곡으로 유인하여 요격하려는 무렵. 그런데, 당나라 진영 깊숙이 들어가서 장창을 휘두르며 홀로 싸우는 장수. 왕이 보아하니 그가 장창을 한 번 휘둘렀다하면 당나라 군은 추풍낙엽처럼 쓰러지곤 하는 모양새였지요. 그러다 어느 한순간, 장수가 당나라군에 포위되었다 싶어 간을 졸이고 있을 라치면 어느새 그 장수는 포위망을 뚫고 유유히 나왔고, 나왔다 싶으면 또 어느새 당나라 군사에게 둘러싸인 채로 응전하는 것이, 참으로 놀라운 무예를 지닌 용장이 분명하였지요.

"저 용맹무쌍한 장수는 대체 누군고?"

홀러덩, 도취감에서 허우적거리는 목소리로 왕이 배율치명에게 하문하였습니다.

"마마, 저 장수는 고구려의 사신 연개소문이옵니다."

"오호, 그럴 줄 알았느니. 과연 문무겸전[41]한 만부부당[42]의 명장이로다!"

힐리가한이 깊이 탄복하고 있을 즈음, 한창 적진을 교란하여 힘을 분산시키던 연개소문이 별안간 말을 달려서 달아나고 있는 거였습니다.

"와아!"

"잡아라아!"

산산이 흩어졌던 당나라 군사들이 죽기 살기로 함성을 지르며 쫓아가고 있었는데, 군사들 절반가량이 깊은 계곡으로 따라잡는 순간, 달아나기만 하던 연개소문이 별안간 장창을 높이 쳐들며 재빨리 말머리를 돌렸소. 동시에 계곡 양쪽에서 천둥 같은 함성이 터져 나왔고, 무턱대고 치달아오던 당나라 군사들은 모두 아연실색 혼비백산하여 말머리를 이리 휘딱 저리 휘딱 돌리는 등 우왕좌왕 아우성치는 거였소. 그러나 때는 이미 늦었던 것. 천둥소리의 주인인 그들, 즉 매복해있던 돌궐기병들이 물밀 듯이 비탈 아래로 내려오고 있었던 거요. 단 한 명 연개소문을 잡는답시고 계곡으로 추적해 들어왔던 당나라 군사들은 별안간 아수라장에 빠져서는, 아이고, 아군을 적군인 줄 알고 죽이기, 적군을 아군인 줄 알고 비키다가 오히려 당하기 등등으로 어처구니없는 사상자가 속출하였다오. 그래서 눈 깜짝할 사이에 풍비박산 되어버린 당나라 진영. 에이고, 군사들 수효가 딱 반 토막 나버린 바람에 수세에 몰려버린 당나라군, 그들은 퇴각하기에만 여념이 없었답니다. 이처럼 당나라군의 중추세력이 대 타격을 받자, 당나라 본진에서는 퇴각명령을 내리지 않을 수가 없었던 거요.

드디어 승전고를 울린 돌궐군은 보무도 당당히 본진으로 돌아오고 있었는데요, 돌궐군이 당나라군과 대치하여 싸운 이래, 이토록 커다란 승전은 아마도 처음이었을 겁니다.

돌궐군진 가장 뒤에서 연개소문이 홀로 뒤따르고 있었는데요, 승전하고 돌아오는 연개소문의 늠름 위풍당당한 모습은 장엄하기조차 했소. 멀리서 바라보고 있던 힐리가한은 도대체 눈이 시어서 연개소문의 모습을 똑바로 바라볼 수조차 없었지요.

'저 보물을 죽이고자 했다니……. 아아, 어리석은지고!'
통탄에 통탄을 거듭하던 왕은 아차차, 하고 엎어질 듯이 연개소문에게로 달려갔소.
"오호오, 장군! 장군께서 용감히 선전 분투해주셨음을 진심으로 치하하는 바이오!"
'왕이 직접 나와 주시다니!'
감격스럽기 그지없어서, 연개소문은 마상에 앉은 채로 군례를 올렸습니다.
"전하께오서 친히 출영43)하시어 변변히 싸우지도 못한 소장을 이토록 과찬해주시오니 황공스러울 따름입니다."
무한정 겸손한 태도라니! 왕이 또 한 번 감격하는데, 연개소문의 창끝엔 적군의 피가 교교한 달빛 아래 선연히 번쩍거리고 있었습니다.

"장군은 과연 출장입상[44]의 명장이구려. 짐이 지난날 관운장·장비·조자룡 등 명장들이 싸운 기록을 보고 쾌재를 부른 적이 있소만, 오늘 장군이 당나라 대군을 맞아 싸운 진법과 무예는 만고의 그 누구도 감히 흉내조차 낼 수 없을 터, 오호오, 전무후무한 명장을 여태 몰라보았었다니, 심히 부끄럽구려."

'죽기를 바랐었다니'를 '몰라보았었다니'로 슬쩍 바꿔 한 말이란 것을 짐작은 했지만 짐짓 모른척한 연개소문.

"전하, 소장, 분에 넘치는 과찬에 오히려 몸 둘 바를 모르겠사옵니다."

"장군은 너무 겸손하시오."

"오늘 장군께서 많은 고생을 하시게 했습니다."

옆에서 바라보고만 있던 배율치명도 연개소문에게 치하의 말을 한 거였소.

그리고 마한가리도 앞으로 나섰습니다.

"장군께서 올린 전과는 길이 기억될 것이옵니다. 정말 수고가 많으셨습니다."

"이토록 치하해주시니 오히려 부끄럽소이다."

그들은 모두 말머리를 나란히 왕의 장막으로 돌아왔습니다.

"오늘밤은 짐이 장군을 위해 축연을 베풀 터이니 장군은 사양치 마오."

내내 싱글벙글 웃음을 달고 힐리가한이 시녀를 불렀습니다.

"여기 주안상을 차려 축연을 준비토록 하라!"

그동안 포로나 다름없게 푸대접을 받아오던 연개소문이 한 순간에 왕의 빈객으로 변한 것이었습니다. 잠시 후 주안상이 들어오자 왕은 어수를 들어 연개소문에게 술을 권했습니다.

"장군, 이 술을 드오."

"황공하옵니다."

왕이 내린 술을 연거푸 석 잔이나 들이켜자, 연개소문의 온몸에 술기운이 짜르르 퍼졌습니다. 그리고 뻑적지근한 연회는 밤새도록 계속되었습니다.

연개소문이 힐리가한의 장막에서 나온 것은 다음날 햇살이 동편 산마루 위에서 환하게 빛살을 뿌릴 때였습니다. 그는 몹시 피곤하여 곧 쓰러질 것만 같았지요. 적군과 싸운 데에다 꼬박 뜬눈으로 밝혔으니, 그러고도 피곤하지 않다면 그는 분명 사람이 아닐 터. 그렇게, 이루 말할 수 없이 지쳐서 장막으로 돌아오자, 파수를 보고 있던 바우가 반가이 달려들었습니다.

"장군님!"

말에서 내리는 상전을 부축하는 바우는 눈물이 그렁그렁.

"오냐, 바우야. 밤새 아무 일도 없었느냐?"

연개소문은 바우를 보자 한결 마음이 푸근해졌습니다.

"네, 장군님."

"음, 수고했다. 우리 비호에게 여물도 떠다주고 시원하게 좀 씻겨주어라."

"예, 알겠습니다. 장군님은 어서 주무십시오. 굉장히 피곤하시겠습니다."

바우가 비호의 고삐를 끌고 가는 것을 물끄러미 보던 연개소문은 이윽고 장막 안으로 들어갔는데요, 계은비 낭자는 어떻게 되었느냐고요?

"낭자! 어찌 그리 힘이 없어보이오?"

"……."

밤새도록 얼마나 간을 졸였던지, 그녀는 연개소문을 보자마자 울음을 터뜨렸습니다. 연해연방 꺼이꺼이 울면서 연개소문의 옷을 벗기기 시작했는데, 세상에, 피와 흙으로 뒤범벅된 옷이라니!

"낭자, 내가 이렇게 무사히 돌아왔잖소? 울지 마오."

"장군님!"

딱 한 마딜 내어놓곤 더 이상 말을 잇지 못하는 계은비.

"낭자! 내, 낭자의 마음을 누구보다도 잘 알고 있소. 너무 걱정마오. 오히려 내가 민망하구려."

그녀는 소리 없이 몸을 일으켜 대야에 물을 떠왔습니다.

"세수 하십시오, 장군님."

"어? 울음 그친 거요?"

쌩긋이 웃는 그녀 얼굴이 몹시도 귀여웠소.

"아침식사는 어떻게 하셨나요?"

"허어, 힐리가한의 후대로 잘 먹고 오는 길이오."

"아, 드셨군요. 그럼 어서 주무세요. 피곤하실 텐데."

그제야 몸을 일으킨 연개소문은 침상 위에 쓰러지듯이 누웠는데, 그대로 눈을 감고서 잠들고자했는데, 아 아니, 장막 한 귀퉁이에서 아침상이 그를 빤히 보고 있는 게 아니겠소.

"낭자는 아직 아침식사를 하지 않았구려."

고개만 끄덕이고는 말끄러미 연개소문을 마주보는 고혹적인 눈매. 순간, 으스러지게 안아보고 싶은, 그녀를 안아야만 단잠에 빠질 것 같은 연개소문. 이글이글 타는 눈빛을 감추질 못하고, 그는 몸을 일으키려 했습니다. 그러자 와락 달려든 그녀가 그를 침상에 도로 눕혔습니다.

"가만…….. 가만 계시어요."

이윽고 준마의 등에 오른 모양새로 은비가 따끈따끈해진 손길을 뻗쳐 그의 바지를 내려버렸고, 그의 몸은 어느새 여인의 몸속으로 빨려 들어가 아늑한 공간에 자리를 잡았지요.

"아, 좋다…."

향긋한 그녀의 체취가 사내의 몸을 세포 하나하나 속속들이 어루만지는… 오랜 포옹. 깊디깊은 입맞춤. 얼마 후 사내는 깊은 잠 속으로 빠져들었습니다. 그렇게 요란스레 코를 골며 목을 베여도 모를 정도로 정신없이 자는 사내더러

"너무 잘생긴 낭군님"

하고 중얼거리며, 가만히 그 품속을 빠져나온 그녀는, 그리고 다소곳이 앉아서 사내의 얼굴을 눈에 새길 듯이 들여다보았답니다.

혈로[45]를 뚫어라

연개소문의 승전은 돌궐군의 사기앙양에 지대한 공적을 남겼지요. 사실 당나라는 백평산과 대치한 흑산을 점령하기 위해 그 전초전을 폈을 뿐이었지만 말이오. 비록 5만 원군의 파병은 이루어지질 않았어도, 단 한 사람의 장수로써 능히 5만을 물리칠만한 기개가 있었다는 것. 놀랍고 흥분되는 일이 아닐 수 없었소. 하지만 연개소문은 여기에서 만족할 수 없었는데요,

'당나라군의 사기가 한풀 꺾어진 데다 힐리가한이 나를 신임하는 바로 이때에 어찌해서라도 백평산을 점령해야 한다. 백평산은 고구려의 관문. 이 산만 점령해놓으면 아무리 완강한 당나라군일지라도 돌궐을 칠 수 있는 힘을 잃으리라.'

"장군님! 고구려에서 총관부 군관 두 명이 소식을 갖고 왔사옵니다."

"뭣이?"

연개소문은 반사적으로 일어났습니다. 전에 한두 번 소식이

있었지만, 이번은 너무 오랜만이었으니까요.

"어서 들어오도록 해라."

"예에~"

연개소문은 새삼 고국의 산천이 그리워졌습니다.

'무슨 좋은 소식이라도 있었으면 좋으련만……'

바우가 두 군관을 안내하여 장막 안으로 들었습니다.

"장군님, 그간 평안하시었사옵니까?"

"오냐, 멀고 험한 땅에 오느라고 너희들이 수고가 많았다. 그
래, 집안에는 별고 없느냐?"

"녜에, 대감마님 내외분과 작은 방 마님께서도 모두 건강하시
옵니다."

"아 그러냐? 나라 안 정세가 궁금하구나."

그가 혼잣말처럼 중얼거리자 한 군관이 품속에서 서찰을 꺼내
어 올렸습니다.

부모님과 수련. 또 스승도 모두 무사 무탈하며 하루빨리 그가
돌아오기만을 기다리고 있었지만, 그러나 나라에서는 그가 돌아
오지 말고 머물러 있으면서 계속 돌궐을 도와주라는 엄명이 내
려졌다는 것. 사정이 이러하니 모든 것을 스스로 판단하여 행동
하라는 부친 연태조의 자상한 지침이 들어있는 편지였습니다.

'돌아갈 수 없다니……'

연개소문은 부친의 따뜻한 정이 어린 서찰을 가슴에 소중히 품었습니다.

'스스로 판단하여 행동하라'

그 한 줄 문장 속에는 부친 연태조의 아들에 대한 기대와 근심스러움이 동시에 작용하고 있었던 거요.

다음날 아침, 연개소문은 오랜만에 배율치명 장군의 막사를 찾았으나 그는 마침 자리에 없었고, 중군에 있는 힐리가한을 배알하러 갔다기에 내친걸음에 말을 달려 중군 진영으로 갔습니다.

"연 장군? 어서 들라하라!"

배율치명과 전군의 유문정46) 등을 불러 전략회의를 주재하고 있던 힐리가한은 눈이 번쩍 뜨였습니다. 잠시 후, 연개소문이 군관들의 안내로 어전에 부복하였지요.

"전하, 고구려 사신 연개소문 문후 올리옵니다. 옥후 무량하시옵기를 삼가 바라옵니다."

"오, 장군, 마침 잘 오셨소. 짐이 그렇잖아도 장군을 한번 만나려고 하던 참이라오."

"전하, 황공하옵니다."

"장군, 어서 이리 올라앉으시오."

힐리가한은 연개소문을 자기 바로 옆자리에 앉혔습니다.

"전하! 본국 소장의 부친께서 총관부 군관을 보냈사온데, 부친께서 전하께 문후를 드렸사옵니다."

바로 그때 시녀가 와서 가만가만 곰살궂게 입을 열었습니다.

"마마, 고구려의 사신 연개소문 장군께서 진상하신 보옥 한 상자를 대령하였사옵니다."

"호오!"

커다란 입을 한껏 벌리고서, 연개소문에게 치하의 말을 읊는 힐리가한.

"대감께서 귀한 보옥을 짐에게 보내니 그 은혜를 무엇으로 보답해야 할지 모르겠소. 고구려 대왕폐하와 대감께서는 옥체 무량하시다 하온가요?"

"전하, 과분한 말씀을 내리시와 소장 황공할 따름이옵니다. 전하께옵서 성려해주신 음덕으로 본국 대왕마마와 소장의 부친께옵서는 무량하신 것으로 아뢰오."

"짐은 오히려 장군의 슬기로운 큰 공을 제대로 치하하지도 못하고 있는 이때에, 귀 부친의 귀한 선물을 받고 보니 오로지 송구할 따름이오."

"전하, 변변치 않은 진상이라 오히려 황공하옵니다."

막사 안에는 다시 정적이 감돌았습니다. 그 정적 속에서 돌궐의 기라성 같은 장수들이 모두 기대에 찬 시선들을 연개소문에게 보내고 있었는데, 연개소문의 모습은 보면 볼수록 늠름하였습니다. 게다가 그의 눈동자가 신비를 지닌 듯 강렬한 빛을 뿜기까지 하였으니 뭔 말을 더하겠습니까.

"전하, 지금 당 군이 점령한 백평산을 시급히 탈환해야 하옵니다. 백평산 진지가 너무 높아서 금산의 진지는 약화되는 바, 만에 하나, 금산이 적의 수중에 들어간다면, 흑산의 본진도 맥을 쓰지 못할 형세에 떨어질 줄로 아옵니다."

"장군의 의견이 옳도다!"

힐리가한이 두 손으로 무릎을 쳤습니다.

좌우를 휘둘러보고 나서, 연개소문이 목소리를 낮췄습니다.

"전하, 소장이 책임지고 완수할 터이니 심려 마옵소서!"

그는 두툼한 자기 입술에 손가락을 댔다가 놓고는 미리 짜놓았던 전략 계획서를 배율치명에게 내밀었고, 왕을 비롯하여 배율치명, 유문정 등이 계획서를 돌려가며 읽었습니다.

"장군의 계책은 과연 기발합니다."

유문정이 낮은 소리로 감탄사를 발했습니다.

그들은 서로 머리를 맞대고 백평산 공략의 계책을 상의하면서 그것을 극비리에 추진시키기로 결정했습니다. 그리고 연개소문은 각 군이 맡아야 할 일에 대해 세세한 설명을 덧붙였지요.

얼마 후, 돌궐 선봉이 당의 군진이 있는 백평산 기슭을 습격했소. 그것을 시발점으로 배율치명과 유문정 등의 지휘 하에 맹공격이 개시되어 연 3일에 걸친 대공세가 펼쳐졌지요. 한편 당나라 진영에서는 그들 나름대로 야습 작전을 펼치기 위해 병력을 산기슭으로 이동해놓고 있었는데, 만반의 준비태세로 진지를 구축한 이정이 직접 진두지휘하기로 한 것이었소. 그랬소. 저번의 패배를 만회하기 위한 설욕전을 할 작정이었던 거요.

　3일째는 새벽 으스름을 타고 당나라의 대군이 대거 돌궐 진영으로 공격해왔는데요, 이미 이정의 계략을 간파하고 있었던 돌궐은 아주 태연히 당의 기습군을 맞아들여 별 혼란 없이 잘 싸웠습니다. 그리고 당나라군이 돌궐 선봉의 진영으로 깊숙하게 들어갔을 무렵엔 금산 초입에 매복했던 돌궐 기병이 후미를 짓이기며 터져 나왔지요.

　잠시 소란스러운 교전이 이어지는 동안 이미 적진 깊숙이 파고든 당나라군은 순식간에 독 안에 든 생쥐 떼가 되어 우왕좌왕 갈피를 잡지 못했소. 그러자 그동안 수세에 몰리고 있었던 돌궐 선봉진이 다시 전열을 갖추었고, 그리고 당황하는 당나라군을 사살하며 차츰차츰 포위망을 좁혀가기 시작했는데, 과연 당나라 군사들은 저희들끼리 부딪치면서 갈팡질팡 혼비백산 지경을 거듭하였지요. 하지만 그들의 선봉장은 퇴로를 열기 위해 죽을힘을 다하고 있었는데, 바로 그때, 어디선가 "와아!" 하는 함성이 들이닥치는 거였소. 아이쿠! 포위망을 압축해가던 돌궐 기병의 바로 뒤에서 나는 소리였답니다.

와아!

돌궐군 기병은 배후에서 짓쳐오는 당나라 후원 부대의 압력을 받아서 그만 사면초가[47)가 되어버린 것이었습니다. 돌궐 기병장 유문정은 아연실색하지 않을 수가 없었지요.

"빨리 혈로를 뚫어라! 빨리!"

그는 분산되는 돌궐 기병을 독려하였습니다. 금산 초입으로 들어가는 길을 뚫기 위해 사력을 다했지만, 하이고, 떼거리로 몰려드는 당나라 군사들과의 싸움은 역부족일 수밖에 없었지요.

그랬소. 돌궐의 2천 기병은 점점 힘이 쇠잔해지고 있었던 거요. 시간이 지남에 따라 사상자의 수도 점점 늘어갔고, 사기는 갈수록 떨어지고…. 금산 진지에서 당나라군과 싸우던 선봉장 배율치명도 증원된 당나라군에 고전을 면치 못하고 있었소. 이럴 땐 중과부적이란 말을 거듭해야겠지요? 그런데 말이오.

'후퇴명령을 내려야겠군.'

배율치명이 후퇴명령을 내리려고 징을 울리려는 바로 그 찰나! 언뜻 그의 눈에 불빛이 어른거렸습니다. 당나라 본진에서 치솟는 불꽃. 온통 하늘을 뚫을 듯이 날뛰는 불꽃! 곧이어 기고만장한 함성이 천지를 뒤흔들고 있었습니다.

"됐어!"

배율치명은 무릎을 쳤습니다.

"한 놈도 남기지 말고 주살하라! 돌격! 돌격이다! 돌격신호를 높이 올려라!"

곧이어 징과 꽹과리 소리가 요란하게 울리며 밤하늘을 쥐락펴락하는데, 그거 참 볼만하였소. 힘을 잃어가던 돌궐군사들이 갑작스레 당나라군을 요격하기 시작했으니까요.

"뭐야? 이 이게 뭐란 말이야…."

한참 돌궐군사를 몰아붙이느라 여념이 없던 이정은 기절할 듯이 놀랐답니다. 놀랄 밖에요! 마냥 쫓기던 돌궐군사들이 일제히 한 곳을 보고 와! 와! 함성을 질렀고, 그래서 이정 역시도 같은 곳을 돌아본 거였는데 말입니다.

"앗!"

그는 외마디소리와 함께 곧바로 얼음이 되었답니다. 흐흐흐, 백평산의 당나라 본진이 활활 타고 있었거든요. 쫓기던 돌궐군사들의 함성이나 쫓던 당나라 군사의 함성은 문제가 아닌 것이,

그보다 더, 더더욱 우렁찬 함성이 백평산 뒤쪽에서 화염과 더불어 온 산을 들었다 놨다 하는 거지 뭡니까.

"아이쿠, 배수진을 쳤었구나! 놀라운 놈이 있다!"

명장 이정은 그저 멍하니 불꽃구경만 할 뿐 속수무책이었소. 그러나 배율치명까지 가만있을 필욘 없었죠. 하하하, 의기충천해진 배율치명의 선봉진이 총공격을 가해온 것이었답니다. 아이고, 퇴로와 진로가 동시에 차단된 당나라군은 우물쭈물할 여유조차 없었다오. 앞뒤에서 협공을 해오고 있었거든요. 그래서 전의와 질서를 한꺼번에 잃어버린 당나라 군사들. 그들은 하나같이 갈팡질팡 갈피를 잡지 못했습니다요.

"하늘이 무너져도 솟아날 구멍은 있다!"

이정이 전군에게 퇴각명령을 내린 거였소.

"모두들 흩어져 빠져나가라! 저 반대편 능선으로 가라!"

그리고 이정 역시도 전력을 다해 말을 달리기 시작했는데요. 그랬소. 돌궐의 동도를 단숨에 점령하려던 그의 야심찬 계획은 연개소문의 치밀한 전략 앞에서 산산조각이 나고 말았던 거요.

'오랜 세월 수중에 넣어두었던 백평산을 잃었다. 오늘 새벽 차지하려던 금산의 진지도 물 건너 가 버렸다…. 누군가? 어떤 놈

이 나를 이토록 비참하게 만드는가?'

드디어 야망을 이룰 때가 왔다고 설레던 이정은 오히려 자신의 대군이 풍전등화 신세가 되어버린 것이 생각할수록 분통터졌습니다. 그러나 얄미울 정도로 노련한 장수 이정. 그는 부랴부랴 정신을 차렸고, 어찌어찌 필사적으로 포위망을 뚫고 나와 모든 군사들을 한 장소로 집결시켰지요. 그리고 부장을 급히 불러 명령을 하달시켰습니다.

"여봐라! 잘 듣고 시행하라! 백평산 서편 능선을 타고 후퇴하라!"

장수의 명령이 떨어지자, 전군·중군·후군이 모두 질서정연하게 산의 능선을 타고 서쪽으로 퇴각하기 시작했습니다.

"한 놈도 남김없이 죽여라!"

"한 놈도 살려 보내지 말라!"

쩌렁쩌렁 산을 들고 패며 울려 퍼지는 고함소리가 당나라 군사들을 더욱 혼비백산하게 했는데요. 그런데요, 이정은 풍부한 경험을 한 노장답게 전군에 혼란이 일어나지 않도록 착실히 지휘하였습니다. 한쪽에선 싸우고, 한쪽에선 후퇴하고, 그렇게 반복하며 30여리를 후퇴하고 나자 어느덧 더 이상의 추격이 없어지고 거짓말처럼 조용해졌답니다.

전열을 가다듬은 후에 피해상황을 조사해본 이정. 실로 커다란 손실이 아닐 수 없어서 참담하기가 이를 데 없었지요.

'이토록 큰 참패를 당하기는 참전 후 처음 아닌가.'

맹공격을 하던 중에 거꾸로 기습을 당해 후퇴하느라고 군량, 마필, 전차 등을 거의 모두 버리고 도망친 형편이었지요. 하기야 그것들을 가져와봤자 대부분 불에 타버려 소용없었을 것이었지만, 아무튼 사상자만도 수천 명에 달한 상태라, 이정은 깊은 한숨을 내쉬며 입술을 지그시 깨물었습니다. 그리고 그는 또다시 명령을 내렸습니다. 피곤하고 굶주린 군사들에게 우선 아침을 지어먹이고 휴식을 취하도록 한 것이었지요.

막사를 가설하는 등 진세를 벌이느라고 조용한 시간을 가질 틈이 없었지만, 그는 틈을 내어 멀리 백평산을 바라보았습니다. 백평산에서도 진세를 벌이고 막사를 세우느라고 부산스럽게 움직이는 것이 그의 눈에 잡혔는데요, 그랬소. 돌궐 군사들 모습이 아물아물 개미 떼 같이 움직이고 있었다오.

한편 백평산을 점령하여 막사와 진세를 갖추느라 진두지휘하면서, 연개소문은 짐짓 걱정스러웠습니다.

'다행히 내 계략이 들어맞아 대승을 이루긴 했지만, 이정은 명

장이다. 언제 또 역습해올지 알 수 없는 일⋯⋯.'

돌궐의 장수들은 워낙 이정의 적수가 되지 못했고, 하물며 군세마저 미약한 돌궐군이 백평산을 오래 점령하고 있기란 쉬운 일이 아닐 거였소. 그리고 연개소문은 바로 그런 걱정 때문에 골몰하지 않을 수 없었지요.

힐리가한에게 올렸던 계획서엔 밝히지 않았지만, 연개소문은 지난날 백평산에 이정이 쳐놓은 육화진을 세밀히 검토해두었었고, 그래서 이 육화진 중에 유일한 혈로인 생구(生口)가 있음을 발견하였으며, 바로 그날 새벽에 군사를 이끌고 그곳으로 진입해 들어갔던 것이었습니다. 이정이 육화진을 쳐놓고도 혈로인 생구의 존재를 미처 깨닫지 못하고 있음을 알아차렸던 거요. 그래서 연개소문은 힐리가한에게 특별요청을 했던 건데요.

"전하, 소장에게 군사 3천만 주신다면 적진의 후방을 협공할 수 있사옵니다. 기필코 백평산을 탈환할 각오입니다."

지난번 연개소문의 신출귀몰한 용병술을 체험했던 힐리가한은 연개소문의 요청을 쾌히 받아들였었고, 바로 그래서 연개소문은 육화진의 생구를 거쳐 중구(中口)로 빠져나와 공세를 취한 것이었으며, 기어코 그 견고하던 육화진이 빛을 잃고 허무하게 무너졌던 겁니다.

백평산을 점령했다는 보고에 접한 힐리가한은 승전고를 높이 울리며 기뻐 어쩔 줄을 몰랐는데요, 그날부터 3일 내내 백평산 새 진영에서는 승리를 자축하는 큰 잔치가 베풀어졌습니다. 하하하, 돌궐군의 사기는 하늘을 찌를 듯이 높아졌던 거죠.

힐리가한은 연개소문에게 많은 보화를 상으로 내렸습니다.

"연 장군! 후한의 제갈량이라고 일컫는 당나라의 명장 이정도 혼비백산 시켰으니, 이 얼마나 통쾌한 일이오?"

"전하! 변변치 못한 소장을 이리도 과찬해주시오니 황공하기 그지없사옵니다."

"장군, 너무 겸양 마오. 짐은 장군이 싸우는 모습을 똑똑히 보았었소. 장군이 뒤에서 함성을 올리며 당나라 군 장막에 불을 질러 불길이 충천하자 이정이 당황하여 허둥지둥 달아나던 그 모습, 하아, 통쾌하오. 그리고 또 그뿐이겠소? 장군이 마상에서 장창을 휘두르며 당 군을 추격 시살하던 날쌘 모습은 아직도 짐의 마음에 아로새겨져 있소…. 아아, 눈에 선하구려."

"전하, 황공하옵니다. 오늘의 전공은 소장의 공이 아니오라, 정면에서 배율치명 장군과 유문정 장군이 당나라 대군을 적시에 공략하였기 때문이옵니다."

그러자 뚱해있던 두 장군의 얼굴이 환해졌습니다.

"장군, 지나친 겸양의 말씀이오. 정면에서 당나라 대군을 맞아 싸운다는 것이 여간 어려운 일이 아니었습니다만."

멋쩍게 웃어 보이는 배율치명, 왕 역시 두 장군을 돌아보며 만족스러운 표정으로 고개를 끄덕였습니다.

연개소문은 고구려에서 온 두 군관에게 미리 써놓은 편지를 지참시키고 보낼 준비를 하였습니다. 힐리가한도 연태조에게 연개소문의 전공을 치하하는 글과 함께 많은 예물을 곁들여 답례로 보냈고, 이윽고 그들 두 군관은 백평산을 넘어 고구려를 향해 길을 떠났습니다.

백평산을 벗어난 곳까지 후퇴하여 진을 친 당나라의 명장 이정. 그는 울분과 치욕을 동시에 씹고 있었지요. 하지만 그냥 주저 앉을 이정이었다면 그를 명장이라 부르지 않았을 터. 그랬소. 이정은 설욕의 그날을 위해 온갖 지략을 짜내는 데에다 온 신경을 모으기 시작했다오.

지난날 그는 당태종에게 간곡히 상주했었소.
"마마, 천하를 도모하려면 우선 돌궐을 평정해야 하옵고, 그

후엔 고구려를 치는 것이 상책이옵니다."

　바로 그래서 이정은 정양도총관[48]이 되었으며, 울지경덕은 좌군, 장보상은 우군을 삼고, 자신은 친히 중군을 인솔하여 침공, 백평산을 점령하고 있었던 거였소. 그런데 이제 백평산 전투에서 오히려 참패하여 30여리나 후퇴하여 진지마저 잃어버린 마당. 참으로, 생각할수록 혀를 깨물고만 싶은 수치심이 그를 괴롭히지 않을 수 없었지요. 하지만 노장 이정은 치미는 울화를 지그시 누르며 은인자중, 만회의 기회만을 엿보고 있는 중이었습니다.

　8월 어느 날.

　"장군님! 고구려에 가 있는 이대룡 사신으로부터 사람이 왔습니다."

　시종군관의 말에 이정은 눈을 번쩍 뜨는 동시에 몸을 뒤집었습니다.

　"들라하라."

　젊은 청년이었지요.

　"장군님, 소인 기밀 서찰을 소지하고 문안드리옵니다."

　"아, 그런가? 어서 보자."

'아 아니, 그놈이 바로 연개소문이었어? 정말 연개소문이었다고?'

이정은 자신도 모르게 신음을 뱉었습니다.

이대룡의 편지 내용인즉슨, 연개소문이 아직 돌궐에 머물러 있으며 두 차례나 당나라 대군을 격퇴시킨 장본인으로서, 돌궐왕 힐리가한의 칭송과 함께 많은 포상을 받아 그 예물이 영류왕과 연개소문의 부친 연태조에게까지 내려졌다는 것.

'연개소문 한 사람만을 보낸 고구려에 대해 돌궐은 분명 불평불만을 가져야 마땅했고, 그래서 국교가 틀어질 것이라 예상했었다. 그런데, 헌데, 어째서 오히려 5만이나 10만의 원병을 보낸 것에 대한 보답인양, 그토록 큰 사례를 했단 말인가.'

이정은 가슴이 써늘하였습니다.

'뜻밖의 강적이 나타났단 말이지? 그렇다면 그자를 없애버려야지!'

이정은 촌각을 다투어 태종에게 상주하였고, 그 결과 황제의 명의로 힐리가한에게 국서를 보내기로 계획했으며 차근차근 계획을 추진시켰습니다.

　　「……. 돌궐이 지금 동과 서로 갈려서 골육상쟁을 계속함
　　을 매우 안타까이 생각하고 있습니다. 종주국인 힐리가한의
　　하해 같은 큰 덕으로 관용을 베푸시면 동·서 돌궐은 평화를

되찾을 것이니, 그리만 되면 당나라도 화친에 응하여 물러
가겠습니다. 단, 친선을 추진함에는 조건이 있는 바, 수나라
양제의 황후 소씨(蘇氏)와 양제의 손자 정도(貞道)가 돌궐에
망명 중이니 이를 돌려보내는 한편 장군 유문정과 고구려의
사신 연개소문을 친선사절로 보내주시기 바랍니다.」

당나라 태종의 국서를 받아 읽은 돌궐 왕 힐리가한은 야릇한
웃음을 깨물었다오. 하기야 힐리가한의 마음이 흡족하지 않을
리 없었지요. 친선의 조건들이란 것만 보아도 그래요. 소 황후만
해도 본인이 조국으로 돌아가고 싶다고 자청했으니 별 문제 없
었고, 그리고 두 장군을 사절로 보내는 것도 그리 어렵지 않은 일
이었거든요.
  '누가 가든지 가기는 가야 하는 거다. 헌데, 다 좋은데, 연개소
문이라니!'
  어쩐지 마음 한구석이 찝찔한 힐리가한.
  '하지만 연개소문 개인의 안위를 가지고 돌궐의 안위와 바꿀
수는 없지. 아암, 그렇고말고.'

칼, 춤추어라! / 장편연작소설 ① 마침

희대의 영웅과 사설시조와의 만남

김광한(소설가/문학평론가)

난정 주영숙의 <칼, 춤추어라>는 1400년 전 고구려에 생존했던 장군이자 대막리지로서 막강한 권력을 누렸던 영웅 연개소문의 이야기다.

중국은 현재 중국의 국경 안에서 이루어진 모든 역사는 중국의 역사이므로 고구려와 발해의 역사 또한 중국의 역사라고 주장한다. 동북공정에서 한국 고대사에 대한 연구는 고조선·고구려·발해 모두를 다루고 있지만 가장 핵심적인 부분은 고구려인데, 이 연구를 통해 중국은 고구려를 고대중국의 지방민족 정권으로 주장하고 고구려의 역사를 중국역사로 편입하려 하고 있는 것이다. 바로 이때에 나온 주영숙의 소설 연개소문 이야기는 그 의미가 매우 크다고 아니할 수가 없다.

우리가 역사책에서 배운 연개소문 이야기의 원전은 우리 측 자료가 아니라 중국과 일본의 자료다. 연개소문이 워낙 용맹무쌍하였으며 무술에 능하고 국가를 지키는데 남달랐기에 당시의 적이었던 당나라 학자들이 <구당서> <신당서> 그리고 <자치통감> 등에 실었고, 김부식은 이를 재편집해 삼국사기에 기록했으며, 그동안 우리나라의 소위 대하소설을 잘 쓴다는 작가들이 연개소문을 조명하여 쓰기도 했다. 주영숙 작가 역시 이 자료들을 두루 참고했을 것이다.

그러나 행적만 갖고는 소설을 만들 수가 없다. 오늘을 살아가고 있는 작가가 1400년 전의 시대로 역류해서 쓰고자 하는 주인공을 만나고 주인공뿐만이 아니라 주변 사람들과 그 사람들이 벌인 사건을 위에서 내려다 볼 수 있다는 것이야말로 작가의 역량이다. 사용하는 용어를 비롯하여 쓰이는 물건 등이 현세와는 판이한 역사의 한 시간대에서 작가가 의지할 방법이란 오로지 주인공을 사랑하는 길밖에는 없다. 주인공이 말하고 행동하는 것을 따라가면서 때로는 격려도 해주고 때로는 땀을 닦아주는 정성, 그것이 말이 되고 행동이 되어 나타난 것이 <칼, 춤추어라>이다. 그런데 이 소설엔 운율까지 들어있다. 운율은 소설의 프롤로그부터 1권 본문과 2권 본문의 끝까지 한 문장도 놓치지 않고 치밀하게 깔려있다. 애당초 사설시조조의 소설이라고 했으니 아하, 시소설이구나. 하는 것 정도는 알고 들었지만, 이렇게 전체적으로 술술 읽히는 문장의 향연을 계속 사슬식으로 이어가다니, 한국적인 소설이라면 본래 만연체일 텐데, 그렇다고 군더더기 하나 없이 전개한 소설문장, 그것도 장편소설의 문장이라니! 혀를 내두르지 않을 수 없다. 도대체 사설시조란 무엇이며 사설시조조의 소설이란 무엇일까?

시조의 짜임 중 가장 큰 특성은 1) 초장 4마디(걸음), 중장 4마디(걸음), 종장 4마디(걸음)의 3장으로 되어있다는 것이며, 2) 3장의 구성 중 유독 종장만은 첫마디가 3음절로 고정, 둘째마디는 5~6음절이라는 것이다. 그러나 사설시조에서는 중장과 종장에서 본래 모양을 거의 찾아보기 힘들 정도로 구의 수가 늘어남으로써 격식화된 평시조의 형식이 무너지는데, 하지만 종장에서만은 첫마디가 3음절로 고정, 둘째마디는 5~9음절(평시조일 때의 5~6음절이 아닌 5~9음절까지 허용)이라는 규칙을 지켜야만 비로소 그것이 사설시조답다. 또한 사설시조는 초장이 길어지거나 중장이 길어지거나 초, 중장이 같이 길어지는 형태, 중, 종장이 같이 길어지는 형태 등 여러 형식으로 변용이 가능하다.

시조 각 장이 4구인 것을 사설시조라고 해서 자유로이 변화시키게 된다면, 그것은 이미 시조양식과 멀어진다. 구의 확장은 주로 중장에서 나타나는 현상으로, 4구를 5구 6구 혹은 10여구로 구분하여 읽는 데에서 그 문제가 발생한다. 이는 '10여구로 보이는 음절을 1구로(1구로 읽지 못할 경우는 제외)읽음'으로 해결할 수 있다. 나눠지지 않는 부분을 다시 구성하여 엮음으로 이어가며 한 문단에서 여러 수의 사설시조를 형성할 수도 있기 때문인데, 사실상 사설시조의 이러한 특성을 응용하면 소설을 장편시조로 만들 수도 있고 사설시조조의 소설까지도 불가능하지 않다. 종장 또한 3장 중 어느 한 장이 길어진 형태. 중장을 길게 하든지 중장 종장을 같이 길게 하든지, 그 작품 안에는 이야기, 또는 사건이 들어가야 사설시조답다는 것인데, 초장에는 이야기의 발단이나 무슨 내용인지의 암시가 놓여지고, 중장에는 본 이야기 내용이 전개되며, 종장에서는 반전, 또는 결말의 매듭이 지어진다(주영숙 논문에서 인용). 그런데 이것은 놀랍게도 소설의 구조에 다름 아니다.

위와 같이 사설시조에 관한 예비지식을 습득한 후에 다시 소설 <칼, 춤추어라!> 1권을 들여다보고, 몇 대목만 골라 사설시조의 초장 4걸음·중장 4걸음·종장 4걸음을 표시해본다.

(초장)①저 멀리 ②바위틈새마다 ③철쭉들이 ④핏빛 울음을 토하고 있었다.

(중장)①부소암, 단군의 셋째아들 부소가 와서 천일기도를 올렸다는 그 부소암을 뒤에 두고 발길을 돌려 한참 내려가니 신성한 기운이 감도는 산 중턱. ②거북바위에서 뭔가를 하고 있던 웬 남자가 힐끗 돌아보더니 다시 고개를 돌리는데, 갑자기 어디서인지 모를 한 가닥 바람이 내 몸을 툭툭 치며 산들산들 말을 걸어와서, ③마치 살풀이굿이라도 한 것처럼 내 피로감이 달아나버렸다. ④아무래도 이상하여 주춤주춤 다가갔더니, (종장1)①아아아, ②퍼질러 앉은 채 ③바위를 쪼아 갈닦이를 하고 있는 ④남자. (종장2)①수상타, ②움쩍거릴 때마다 ③파들파들 빛나는 ④그의 손목.

<프롤로그> 도입부

신비감 가득한 이 대목에 차용된 사설시조 기법은 초장과 종장이 짧고 중장이 길어진 형태이면서 종장이 반복되었는데, "(종장1)①아아아," "(종장2)①수상타," 로 둘 다 종장 첫걸음으로서의 긴장감을 획득하고 있다. 더군다나 시조 종장의 첫 걸음 3음절은 감탄사나 명사, 호격 부사 등이라고 알고 들면 이는 뚝 떼어 사설시조 작품이라고 내어놔도 상당한 수준급에 들 것이라 짐작된다.

(초장)①말 달리는 ②두 사내의 소리가 ③안개 벽으로 ④ 빨려들 것만 같았다오. (중장)①누군가가 은니를 풀어 ②휘 저어놓은 것만 같은 ③그 속에서 길손들이 하나 둘, ④유령 인양 비켜나거나 말거나, (종장)①숨소리, ②숨소리마저 삼 키며 ③다급하게 ④말의 엉덩이를 후려갈기다가 (초장)① 이윽고 ②강나루에 도착하여 ③훌쩍, 훌쩍, ④말에서 내린 그들. (중장)①그 순간 나룻배를 기다리던 사람들이 죄다 ② 두 사내에게로 눈길을 주는데, ③보아하니 한 사내는 홍시 색깔과 붓꽃색깔로 수놓인 하늘빛의 옷을 입고서 ④높다란 관에 두 가닥의 공작 깃털을 꽂은 장수, (종장)①또 다른 ② 한 사내의 모습은 ③허름한 무명옷에 텁수룩한 더벅머리를 수건으로 질끈 동여맨, ④장수를 따르는 비복이었다오.

<도령의 행방> 앞부분

　이 대목엔 두 수의 사설시조가 들어있음을 알 수 있는데, 첫 수 의 초장은 '말 달리는'부터 시작하며, 둘째 수의 초장은 '이윽고' 부터 시작했다. 그리고 첫 수의 종장은 '숨소리' 둘째 수의 종장은 '또 다른'이라는 3음절로 되어있고, 각 종장의 둘째 걸음(5~9)을 살펴보면 첫 수 종장 둘째 걸음은 '숨소리마저 삼키며'로 8음절, 둘째 수 종장 둘째 걸음은 '한 사내의 모습은'으로 7음절이다. 그래 서 종장 둘째 걸음의 규칙 5~9 범주를 잘 지켜냈음을 알 수 있다.

(초장)①날이면 날마다 ②개동이를 찾아 ③산을 헤매곤 하던 ④하란.

(중장)①이날도 너무 힘겹게 산을 올라 커다란 바위에 몸을 붙이고 앉은 그녀의 눈앞에선 ②폭포의 향연이 벌어지고 있었소. ③위험천만한 벼랑을 타고 쏟아져 내린 물이 기암절벽 우둘투둘한 길도 마다않고 거침없이 곤두박질치더니 ④이판사판 떨어져 내리며 기어이 무지개를 피워내는데, (종장1)①애당초 ②여기저기서 ③샘솟았던 물은 ④서로 뒤섞여 한 줄기의 띠를 이룬 것이, (종장2)①산허리 ②쿡쿡 지르며 ③청아한 노래로 ④다가오는 것도 같았소.

(종장3)①'오늘도 ②헛수고인 거야? ③아아, 개동아, ④어디 있어?'

<만남> 도입부

위 예문은 희한하게도 종장이 세 번 반복되었다. 긴 호흡이 필요한 소설 문장에서 종장 반복의 이러한 기법은 아마도 필연일 것이라 짐작되는데, 이러한 현상은 소설문장 곳곳에 포진되어있음을 알 수 있다. 종장의 첫 걸음과 둘째 걸음을 <긴장>과 <이완>이라고 하는데, 사설시조조의 한 수에서 긴장과 이완을 반복함으로써 얻어지는 효과는 랩 음악의 후렴이 반복되는 것 같이 이상적인 효과를 주는 것이라 여겨진다.

(초장)①연개소문은 ②살금살금 ③산 아래로 ④길을 재촉했습니다. (중장)①당나라 군사에게 들킬까봐 ②극히 조심하며 ③말을 몰아 내려가고 있었는데요, ④하지만 큰일이 벌어졌습니다. (종장)①별안간 ②큰 구렁이가 ③나타난 ④거였죠. (초장)①연개소문을 ②가로막은 ③구렁이는 ④말을 (중장)①집어삼킬 듯이 ②아가리를 ③짝 ④벌렸고, (종장)①그 순간 ②연개소문이 ③장창을 꼬나들고 바로 ④내려찍었는데, (초장)①그러나 ②그 다음이 ③문제였던 거죠. ④히이이잉!

(중장)①말이 앞발을 높이 치켜들더니 크게 울부짖은 것이었습니다. ②그러자 바우가 탄 말도, ③계 낭자가 탄 말도, ④연달아 크게 울부짖기 시작했는데요, (종장)①아이쿠, ②세 마리 말이 ③한꺼번에 ④울부짖는 소리,

<살아날 구멍> 부분

이 대목 역시 사설시조 3수가 나타남을 알 수 있다. 둘째 수 중장 '③짝'은 단 1음절로써 시조가 자수 중심이 아니라 걸음, 즉 시간 중심이라는 것을 나타내준다. '②아가리를'을 표출하는 시간과 '③짝'을 표출하는 시간을 같이 할 수 있다는 묘미를 지닌 것인데, 다시 말하면 '②아가리를'의 4음절을 '③짝'또한 '짜아아악' 하고 표출하게 된다는 뜻으로 이해할 수 있겠다. 그러고 보면 세

번째 수의 '(중장)①말이 앞발을 높이 치켜들더니 크게 울부짖은 것이었습니다.'또한 한 걸음에 24음절을 표출해야 할 것이다. 이는 가히 랩 음악에서 볼 수 있는 현상으로서, 장단으로 치면 휘몰이장단에 해당할 것이겠다. 아무튼 이 문장을 일반 산문체로 쓰자면 조금 경직되고 삭막한데 다음과 같다.

산 아래로 길을 재촉한 연개소문은 당나라 군사에게 발각될까 두려워 조심스럽게 말을 몰았다. 그런데 찰나, 큰일이 발생했다. 난데없이 집채만 한 구렁이가 똬리를 틀고 연개소문의 눈을 쏘아보고 있었던 것이다. (이하 생략)

난정 주영숙은 우리 글로 된 소설을 더욱 쉽게 접근시키기 위해 영상매체에 빠진 청소년들에게 손길을 내밀고 있다. 이는 가장 한국적인 글쓰기가 가장 세계적이라는 주문이 링크된 <한국최초의 소설>이다. 조선조 정조 당시 연암 박지원을 비롯한 북학의를 쓴 박제가 등 젊은 학자들이 주도했던 <문체반정>이 아니라 원래의 우리 문장을 되찾아 독자들에게 돌려주기 위한 방법론의 본보기다.

문학 및 모든 예술은 그것을 아는 사람들에게 내보이는 거다.

소설을 쓴 사람보다 읽는 사람들이 더 많은 학식을 갖고 있을 수 있기에 작가는 항상 긴장해야하고 시간 날 때마다 책을 들여다봐야 한다. 작가가 하루아침에 추락하는 것은 남의 글을 표절했거나 행실이 부정해서 함부로 작가란 이름을 달고 이성과의 탐탁지 못한 짓을 한 경우일 것이다. 그러나 가장 부끄러운 것은 빈약한 지식을 돋보이게 하기 위해 문장에 맞지 않은 현학적 문구들을 주어모아 꿰맞추는 일이다. 하지만 난정 주영숙은 이런 범례에서 일찌감치 벗어나있다. 그는 모든 지식을 자기의 것으로 만들어 놓고 거기에 입김을 불어넣어 생명을 키워냈다. 2012년도 발간 <작품으로 읽는 연암 박지원>에 들어간 단어들도 우리가 일찍이 모르고 넘어갈 뻔 했던 단어들을 작가 나름대로 언어 짜기를 한 것이었고 이번 <칼, 춤추어라>에 등장한 무수한 토속어 역시 왠지 낯설지 않다. 이런 현상은 작가가 그만큼 어휘에 숙련되어 있다는 것을 의미한다. 소설가는 시를 짓지만 대부분의 시인들은 긴 글, 즉 소설 같은 글을 쓰기가 어렵다. 어휘에 연결되어야 할 단어를 찾아내지 못해서이며, 그래서 호흡이 짧기 때문이다. 난정 주영숙은 우리나라 여류 소설가 가운데 호흡이 가장 긴 것 같다. 그래서 시도 짓고 수필도 쓰고 현대 인물을 비롯해 옛날에 살았던 사람들의 이야기를 쓸 수 있는 역량이 드러나는 것 같다. 글로 이루어진 모든 장르를 넘나든다는 것. 축복이다.

도대체, 불구의 몸이 그토록 당당할 수 있었다니! 눈 하나 없어졌다고, 팔 하나 못 쓴다고, 그 누가 업신여겼더란 말인가. 그랬다. 외눈 외팔이는 영웅의 특징일 뿐이었다.

<(2권) 출정 전야의 만찬> 부분

작가 주영숙은 바로 이 대목에서 세상 모든 사람들에게 일련의 깨우침을 주고 있다. "장애는 특징일 뿐이다!" 그러니 업신여기지 말라고 일침을 가하는 동시에, 장애가 있기에 더더욱 매력적일 수 있음을 공표하고 있다. 축복이 아닐 수 없다.

칼, 춤추어라/장편연작소설 ①권 마침

작품 설명

1) 책비(册婢) : 돈을 받고 이야기책을 읽어 주는 것을 직업으로 하는 여자.

2) 남해 금산의 부소암 : 사람의 뇌처럼 생긴 바위로 부소대, 또는 법왕대라고 한다. 중국 진시황의 아들 부소가 이곳에 유배되어 살다가 갔다는 전설과 단군의 셋째 아들 부소가 방황하다 이곳에서 천일기도를 했다는 전설이 있다.

3) 경상남도 남해군 상주면 양아리에서 상주해수욕장으로 가는 도로 중간쯤에 금산을 오르는 등산로가 있다. 이 등산로를 따라 25분쯤 걸어 산 중턱쯤(양아리 산4—3번지)에 이르면 목조계단 바른 편에 비교적 넓고 평평한 자연 화강암(거북바위)을 만나게 된다. 이 석각은 일명 남해각자, 남해각석, 남해고각, 신시고각, 상주석각, 남해상주리석각, 남해양아리석각, 서불과차, 남해전서불제명석각 등으로 불려오고 있으나 그 실상은 가을하늘의 성좌도이다.

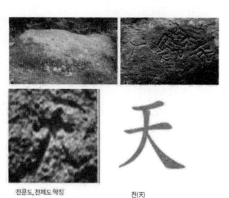

천운도, 천체도 약칭   천(天)

4) 은니(銀泥) : 아교 물에 은가루를 갠 것

5) 패강(浿江) : 이 강은 고조선시대에는 열수(洌水), 고구려시대에는 패수(浿水)·패강(浿江) 또는 왕성강(王城江)이라고 불리다가 고려시대 이후 대동강이라는 지금의 이름으로 불리게 되었다.

6) 구제궁(九梯宮) : 고구려 때부터 고려 시대까지 존재한 궁전. 뜻은 "아홉 계단의 궁전". 고려 군주들이 서경에 왔을 때 꼭 들르는 곳이었으며 선종, 숙종, 예종, 인종 등이 행차했다. 구제궁 근처엔 부벽루, 조천석, 기린굴, 영명사와 5층 팔각석탑이 있었다.

7) 경당(局堂) : 고구려의 서민 교육기관. 고구려의 상류층의 자제를 대상으로 교육하는 관학이었던 태학에 대하여 경당은 평민층을 교육대상으로 삼았는데, 주로 지방에 거주하는 평민층의 미혼자제에게 경전과 궁술을 가르치는 민간교육기관이었던 것으로 보인다. 기녀 경당이란 기녀 양성소를 말함이다.

8) 동기(童妓) : 어린 기생

9) 살수대전(薩水大戰) : 612(영양왕 23)년, 고구려가 중국 수(隋)나라 양제(煬帝)의 침공을 격퇴하고 대승리를 거둔 싸움. 승리의 주역은 을지문덕 장군이었음.

10) 쌍상투 : 이 유물은 청원군 노계산에서 출토된 것으로서 대청댐 수몰지역 내에 있던 무연고 분묘를 이장하던 중에 나온 시신의 머리모양이다. 이 분묘는 박장군묘라고 전해져 내려오는 분묘로 확실한 연대는 알 수 없으나 임진왜란 전후의 것이라고 추정된다. 시신의 머리모양이 쌍상투를 틀고 있는데, 이는 총각의 머리 모양으로써 당시 일부 남자들의 머리모양의 일면을 볼 수 있다는 점에서 매우 중요한 의의가 있다. 원래 우리 조

상은 고조선 때부터 상투를 틀었는데, 고구려 시대에는 물론, 고려, 조선시대에까지도 총각은 쌍상투를 틀었다고 한다.

11) 상서(尚書) : 관직명. 소부(少府)의 속리(屬吏). 궁정 안에 기거하며 황제의 신변에서 조령(詔令)이나 문서를 관장했다. 본래는 실권이 없었으나 한 무제 이후에 승상의 권한 중 일부를 상서(尚書)에게 옮겼고, 상서가 황제를 보필해 정무를 처리하게 되자 차츰 하나의 기구(機構)를 이루는 직책으로 변했다. 동한 시기가 되자 상서는 군왕의 뜻을 대신 발표할 정도의 근신으로 변했고, 또 그 부서가 궁정 안에 있었기 때문에 상서대(尚書臺)라 불렸다. 상서의 수뇌는 상서령(尚書令)이었는데, 품질은 1,000석이었고 삼국시대에는 제3품이었다. 직위는 높지 않았으나 그 권한은 막강했다. 속관으로는 상서복야(尚書僕射) 2명과 오조상서(五曹尚書) 5명 등이 있었다. 조(曹)란 업무를 분담해 전문적으로 일을 처리하는 기구를 말한다. 오조상서 다섯 명이 공경(公卿)·수상[守相: 군수나 제후국의 상(相)]과 이민상서(吏民上書: 관리나 백성의 상소)·외국(外國)·사이(四夷: 사방의 이민족)·형옥(刑獄: 형벌이나 감옥) 등의 업무를 나누어 관장했다. 상서가 사무관(事務官)에서 정무관(政務官)으로 변하고 다섯 조(曹)로 나뉘어 일을 처리하게 된 뒤부터 마침내 수(隋)·당(唐)의 상서6부(尚書六部)가 정무를 수행하는 최초의 형식이 되었다.

12) 오부욕살(五部褥薩) : 고구려는 지방통치조직을 대성(大城)·성(城)·소성(小城)의 3단계로 구획하고, 여기에 중앙관리를 파견하였는데, 이 중 대성의 장관을 욕살(褥薩·耨薩·辱薩)이라고 하였다. 고구려의 대성은 군(郡) 규모의 여러 성(城)을 통할하는 커다란 행정구역인데, 동·서·남·북·내(內)의 5부(部)가 있었으며, 각 부에 욕살이 파견되었다. 욕살의 임무는 행정과 군사의 양면을 관장하는 군정적(軍政的) 책임을 지니고 있었으며, 중국의 도독(都督)에 비정된다.

13) 영류태왕(榮留太王 ~642) : 삼국사기에는 영류왕(榮留王), 삼국유사에는 무양왕(武陽王), 당으로 건너간 고구려 유민 고을덕의 묘지명에는 건무태왕(建武太王)이라고 기록되어있다. 고구려의 제27대 왕. 수나라의 침략을 이겨낸 전쟁 영웅이었으나, 재위기간 내내 당나라와의 친교 노선을 걸었고 이에 반발한 연개소문이 일으킨 쿠데타로 인해 시해당하는 비운을 맞았다.

14) 친위군(親衛軍) : 임금이나 국가 원수 등의 신변을 안전하게 지키기 위한 목적으로 편성된 군대.

15) 양각도(羊角島) : 평양시 중구역 유성동 대동강 유역에 있는 섬.

16) 쌍전(雙箭) : 나란히 붙어있는 두 개의 화살 통.

17) 장창(長槍) : 긴 창.

18) 성가(成家)하다 : 재물을 모아 집안을 일으키다.

19) 황문시랑(黃門侍郎) : 관직명. 급사황문시랑(給事黃門侍郎) 또는 황문랑(黃門郎)이라고도 하며, 소부(少府)의 속관이었다. 황제의 곁에서 시중을 들고 궁궐을 출입하면서 안팎으로 소식을 통보하고 전달하는 일을 맡았다.

20) 부복(俯伏)하다 : 고개를 숙이고 엎드리다.

21) 배례(拜禮)하다 : 절을 하며 예를 갖추다.

22) 시립(侍立)하다 : 윗사람을 모시고 서다.

23) 상주(上奏) : 임금께 말씀을 올림.

24) 옥음(玉音) : 임금의 말이나 목소리. 기본적으로는 옥처럼 맑고 아름다운 소리라는 뜻으로, 아름다운 목소리를 비유적으로 이르는 말.

25) 가아(家兒) : 남에게 자기의 아들을 겸손하게 이르는 말.

26) 회원부(懷遠府) : 발해의 지방 행정 구역인 15부의 하나. 월희(越喜)의 옛 땅에 설치되었고, 달주(達州)·월주(越州)·회주(懷州)·기주(紀州)·부주(扶州)·미주(美州)·복주(福州)·사주(邪州)·지주(芝州)의 아홉 개 주를 거느렸다.

27) 철령(鐵嶺) : 강원도(북한) 고산군과 회양군 경계에 있는 고개. 광주산맥 북부에 솟아 있는 풍류산과 연대봉의 안부에 해당한다. 예로부터 오르막길 40리, 내리막길 40리나 되는 99굽이의 험한 고개로 알려져 있으며, 이 고개의 북쪽은 관북지방, 동쪽은 관동지방이라 했다. 지형상 천연요새지로 중요시되어 신라시대에는 철관성을 쌓았고 고려시대에는 철관문을 설치하여 변방을 지켰다.

28) 고죽국(孤竹國) : 중국 고대에 발해만(渤海灣) 북안(北岸)에 있던 나라.

29) 요수(遼水) : ▶고구려현 요산(遼山)에서 요수(遼水)가 나오는데 서남쪽으로 요동군 요대현에 이르러 대요수(大遼水)로 들어간다. 또한 남소수(南蘇水)가 있는데 서북쪽으로 지난다. ▶대요수는 백평산(白平山)에서 나와 동남쪽으로 흘러들어간 후 요동군(遼東郡) 양평현(襄平縣) 서쪽을 지난다. 대요수는 또한 동남쪽으로 흘러 방현(房縣) 서쪽을 지나고 또한 동쪽으로 흘러 안시현 서쪽을 지나 남쪽의 바다로 들어간다.

30) 이정(李靖·571~649년) : 중국 당나라의 명장으로, 중국 섬서성 장안(長安)에서 출생하였다. 이정은 수나라 말기 군웅들이 할거할 때, 군사를 일으킨 당 고조와 그의 아들 이세민(李世民)에게 협력하였다. 당 고조가 당나라를 건국하는 데 공을 세웠고, 이세민이 중앙 권력을 강화하기 위하여 경쟁 관계에 있던 군웅들을 평정할 때 활약하였다. 이어 행군총관(行軍摠管)이 되었다. 토욕혼(吐谷渾)의 침입을 막는 큰 공을 세워 위국공(衛國公)에 봉해졌다. 사후에 당나라 태종의 소릉(昭陵)에 배장(陪葬)되었다.

31) 시서(詩書) : 시와 글씨. 시경(詩經)과 서경(書經)

32) 기치창검 (旗幟槍劍) : 예전에, 군중에서 쓰던 기, 창, 칼 등을 통틀어 이르던 말.

33) 육화진법(六花陣法) : 진(陣)을 눈송이의 결정 모양같이 여섯 모가 지게 만들어 적진을 꿰뚫어 들어가서 단병으로 싸우는 백병전의 방법.

34) 영락대왕(永樂大王) : 고구려 제19대 왕(재위 391~413)인 광개토대왕(廣開土大王). 연호(年號)를 영락(永樂)이라고 한 데서 이르는 말이다.

35) 구토(舊土) : '옛 땅을 되찾음'이라는 고구려 말.

36) 북벌(北伐) : 무력을 동원하여 북쪽 지역을 침

37) 한족(漢族) : 중국 본토에서 예로부터 살아온 종족으로, 중국의 중심이 되는 민족

38) 선진(先陳) : 맨 앞에 앞장서서 나가는 부대. 전군.

39) 힐리가한(頡利可汗 ? ~ 634년 :Illig Qaghan) : 동돌궐의 제11대이자 마지막 가한.

40) 고립무원(孤立無援) : 남과 사귀지 않거나 남의 도움을 받을 데가 전혀 없음. 혼자 남아 더 이상 구원 받을 데가 없음.

41) 문무겸전(文武兼全) : 학문적 지식과 군사적 책략을 아울러 갖춤

42) 만부부당(萬夫不當) : 수많은 장부들로도 당할 수가 없음.

43) 출영(出迎) : 나가서 맞이하다.

44) 출장입상(出將入相) : 나가서는 장수가 되고 들어와서는 재상이 된다는 뜻으로, 문무를 다 갖추어 장수와 재상의 벼슬을 모두 지낸다는 것을 이르는 말.

45) 혈로(血路) : 적의 포위망을 뚫고 벗어나는 결사적인 길

46) 유문정(劉文靜) : 당나라의 개국공신

47) 사면초가(四面楚歌) : 궁지에 빠진 것을 비유하는 말이다. 이 이야기
는 ≪사기(史記) <항우본기(項羽本紀)>≫에 나오는데, 사방에서 초
나라 노랫소리가 들려왔다는 역사 기록에서 '사면초가'가 유래했다.
그런데 이런 심리전을 사용했던 유방이나 한신이나 이에 당한 초패
왕 항우와 그의 부하들은 모두 남방의 초나라 출신이다. 이 초나라를
중심으로 한 남방의 노래를 초가(楚歌)라고 하는데, 감상적이고 애잔
하다는 특징을 지니고 있어 구슬프기 짝이 없다. 부모처자를 두고 고
향을 떠나 오랫동안 전쟁과 향수에 시달려 온 항우의 병사들 중 구슬
프고 애잔한 고향의 가락을 듣고 탈영하지 않을 사람이 몇이나 있었
을까? 이 초가는 후에 한나라의 조정을 중심으로 유행하다가 나중에
부(賦)라는 문학 장르로 발전하는데, 이를 한부(漢賦)라고 한다.

48) 정양도총관(定襄道總管) : 중국 당나라 시대 관직의 하나. 당태종이
이정을 정양도총관(定襄道總管)으로 삼아 힐리가한의 사자를 맞아들
이도록 하고…